寻找唯一的真相

现代推理馆 | 赤川次郎

现代推理馆05 | 赤川次郎02

幽灵候补生

（日）赤川次郎 著

千太阳 译

あかがわ じろう

中国出版集团
现代出版社

目录

カタログ

一

幽灵候补生

幽霊候補生

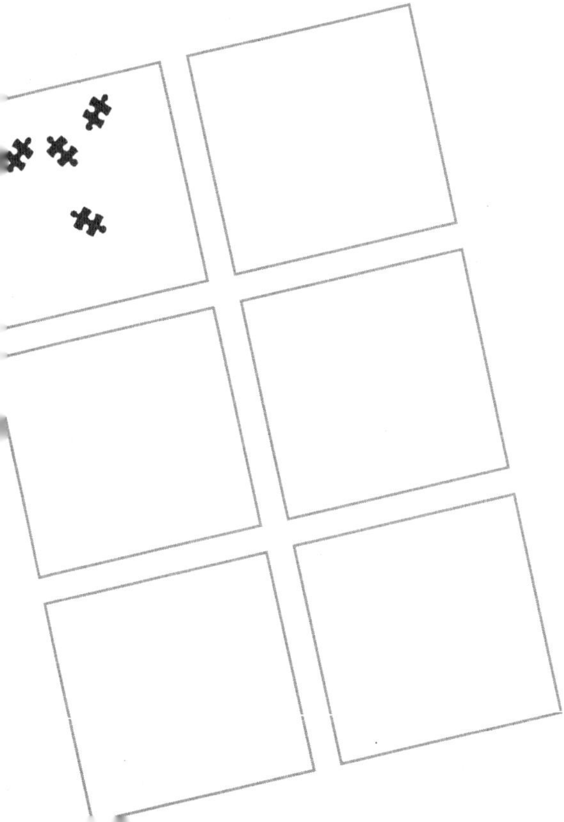

1

事情发生的时候，我正在外出地点的食堂吃饭。一看菜单我就发愁。到了四十岁，我也开始发福，看着渐渐凸出来的肚子，我想就随便吃点清淡的食物吧。但是，身为警视厅搜查一科的一名警部，要是欠缺精力和体力也不是什么好事。

今天我妥协的对象就是煎猪肉和蔬菜沙拉。面前这位正在对一个巨无霸汉堡和一大碗米饭展开猛烈攻势的男人就是原田警官。我甚至都在想，他究竟和这个汉堡有什么样的深仇大恨，才能以这种横扫千军之势将它吃干抹净。

最后，盘子里干干净净，即使是警犬用鼻子来嗅都不会发现任何蛛丝马迹。

“哎呀，哎呀。”

原田发出酒足饭饱后那种满足的声音。我连一半都还没有吃完。

“啊，宇野警部，您慢慢享用。”

原田看着我的盘子说。可是我也没有刻意“慢慢享用”啊。是他吃得太快了。

“哎——哎——”原田坐在椅子上伸着懒腰，椅子立刻发出悲鸣。“吃了这么多，肚子还是饿得不行啊。”

我完全跟不上他的节奏啊。真是的！

“外面看起来很冷呢，宇野警部。”

“因为现在才二月份嘛。”

“什么时候天气才能暖和起来呀？”

“这还用说吗，当然是气温上升以后。”

“哦，你的见解真独到。”

看着原田一脸认真地点头同意，我也没了兴致再开玩笑。

谈话突然中断，我们都不再说话，我的眼光不知不觉飘向了店里的电视上。正是午间新闻的时间。

“哎呀哎呀。”

看到屏幕上出现“载客车坠入湖中——两名大学生陷入绝境”的字幕，原田发出叹息声，接着说出了“这么冷的天还在冒着严寒游泳啊”这样不着边际的话。

“一辆轿车坠入长野县中部的 K 湖中，车上两名大学生陷入绝境。”

播音员这样说时一改往常欢乐的笑脸。画面中可以看到被大雪覆盖的森林和冰冷的湖水。

“我们从长野县警察本部了解到，今日凌晨，一辆轿车冲出车道掉入湖里，路过的目击者看到后报了警，当地派出所随即赶到现场。虽然火速赶到的警察和消防人员立即展开搜救工作，但是，由于现场水深超过十米，湖底还有厚厚的淤泥，人力救援无法实施，最终只能调来了吊车和潜水员，三个小时后，轿车被吊到了地面。”

画面中，水面上冒着气泡，那辆可怜的车被吊车吊出了水面。

“哎呀哎呀……”

原田一边摇着头，一边说：“真可惜。”

他好像永远都注意不到重点。

我再次将注意力转到了我的盘子上。我刚把一大块肉放到嘴里，就听到原田几近疯狂的喊叫声：“宇野警部！”

“什么事啊，别一惊一乍的行不行？肉都卡在我嗓子里了。”

“唉，你快看！”

他就像看到了外星来的飞碟一样，用手指着电视的方向。

“嗯……”

当我转头看向电视画面的那一刹那，我的脑海里一片空白。我看到了两张并排的脸，两张黑白照片上，一个是长头发的男子，另一个是……

“——事后调查得知，车上的两名乘车人员是东京T大学的两名大四学生铃木雅文和永井夕子。虽然车门已经被打开，车中并没有俩人的身影，但是，这并不表示他们已经靠自己的力量成功自救，他们生还的可能性非常小。搜索队室津署长表示，由于水温非常低，潜水员都不能长时间处于水底，他们估计那两名学生已经被湖底的淤泥所掩埋。根据现场情况来看，很难找到俩人。——好的，我们来看下一条新闻。”

永井夕子死了。

她才二十二岁，竟然在大学毕业前夕死了。我活到四十岁都没有死，而她只是我岁数的一半，竟然死了。

夕子死了。

那个野丫头，总是要强、横冲直撞，还很自负，总是爱讽刺别人，喜欢冒险。但是，不得不承认，她的确是个有敏锐的直觉和观察力、喜欢向疑难事件挑战的名侦探。我的伙伴……

夕子死了。

我又想起了那个“幽灵列车”事件。从纯朴的温泉发出的列车，驶出车站之后乘客全体消失了。为了调查这个前所未闻的离奇事件，她很突兀地出现在我面前，帮助我解决事件，并不知不觉成了我的女朋友。那个奇妙的女孩……

夕子死了。

在一场不起眼的交通事故中，就这样死了。

她曾经和我一起出入事件现场，一起出生入死，在极其危险的情况下都能九死一生的夕子，竟然死于一场交通事故，这也算是对命运的一种讽刺吧。

像我这样一个没有出息的男人，我不知道夕子为什么会喜欢我。我也曾经想过，我到底哪里好？我想我永远也不能问她了。

夕子……

2

那是一个很俗套的杀人事件。得知自己的丈夫出轨的妻子，跑到第三者的公寓，用携带的水果刀杀死了丈夫的情人。对于这种近乎疯狂的女人，即使有人对她说“即使你杀了她，你丈夫也不会回来”这样的话，她也根本听不进去。

“男主人还真是喜欢摄影啊。”

原田这样说道。墙边的架子上放着近十本相册。

“这会不会是在女方的主动要求下拍的照片呢？”

我拿了一本最新的相册，在手里来回翻着：“女人总是喜欢将回忆以这样或那样的形式留下。”

“可能是这么回事吧。”

瞬间，我意识到，我和夕子几乎没有合影。可能是因为我们没有拿着相机到处旅行的习惯吧。或者更可能是因为到了这把年纪，我实在不好意思和恋人手牵着手走在一起。但是，现在，我却后悔不已，要是当时多拍点照片就好了。至少，日后想念夕子的时候还可以看看照片。

夕子死后第五个月，遗体还是没有找到。我有时候会想，万一她还活着呢？但是，一百五十天过去了，希望也随着时间的流逝消失不见。那天，得知发生事故之后，我立刻赶到了现场。仔仔细细地询问了目击者和署长，但是并没有得到只言片语的希望。

当时在车上的究竟是不是夕子，关于这一点，路过的农民夫妻证实说，事发前她曾向他们问路。一周之后，有人在湖边发现了一个女士手提包。那确实是夕子的东西，因为那个包是我买给她的。现在，在得到夕子的叔叔永井敏之先生的同意之后，这手提包成了我的东西。

事故发生一个月后，我第一次见到了永井敏之先生。他是位儒雅、有品位的绅士，也是夕子的监护人。

见面后，永井先生一边说“久闻大名”，一边亲切地和我握手。

“我们是不会举行葬礼的。那孩子不会就这样轻易死掉的，说不定什么时候她就回来了。”

听他的口气，我觉得他并不是因为绝望才说出这种不理智的话，他是发自心底地坚信。我也不由得露出了笑脸，因为我也有相同的想法。

但是，已经过了四个月。夕子该回来了。

“警部，可以移动尸体吗？”

部下的话把我拉回了现实。

“啊，可以。”

好了，工作，工作。我刚想把相册放回架子上，手却滑了一下，相册掉到了地上。

“你中风了吗？”

原田一脸认真地问。我不经意地扫了一眼打开的相册，立刻被吸引住了。那是一张被害者在旅行地拍下的照片，照片的背景有些眼熟。我看了一下照片下面的备注——“拍摄于 K 湖”——忽然明白过来，K 湖就是那个湖。

接着，我又看到了几张拍摄于那个湖的照片。

“宇野警部，走吧。”

原田一边擦汗，一边说：“要是开着空调就好了，难得有空调。但是，由谁来交电费呢？宇野警部，怎么了？”

我死死地盯着一张照片看，像是要把它看出一个洞来一样。照片中，被杀死的女人被拖到了湖边的树林中。女人的身后有几个旅客，因为是短焦镜头，所以可以看清楚他们的脸。然后，我看到了一张侧脸——

“快看这儿！”

“嗯？”

原田顺着我的手看过去。

“哎？这不是夕子小姐吗？”

“你也觉得是吗？”

“是啊。”原田点了点头，觉得不可思议，接着说，“这是事故前的照片吧？”

因为拍摄这张照片的相机是可以显示拍摄日期的，我看了看照片下方的日期。

我摇了摇头说：“日期是今年的六月三十号。”

“但是，这到底是怎么回事呢？”原田这么说着，突然间睁大了眼睛，“是幽灵，夕子小姐的幽灵进入了照片……”

“看来我要休假了。”我把照片从相册里取出来放进口袋，“走了！——喂，你怎么了？”

“那个，那个，我扭着腰了。”原田痛得脸色苍白。

夕子还活着。

那张照片上的人，我看一眼就知道是谁，毫无疑问就是夕子。如果说是长得像夕子，那也未免太像了。但是，如果真的是夕子，这五个月来，她为什么要隐姓埋名呢？但是，这样的疑问在她还活着这样令人震惊和惊喜的发现面前简直微不足道。

我一刻也不想耽误，连夜开车赶往 K 湖，早上到达后给上司本间警视打了电话。

“哦，宇野，怎么了？”

“夕子还活着。我想请一段时间的假，请您批准。”

虽然我认为自己理由十分充分，但是我的上司并不这样认为。

“喂，你说什么呢？”

“宇野，我很理解你的心情，但是，你不能不面对现实啊。”

不管怎么解释，他都认为我是出现了幻觉。

“我正因为面对现实，才知道该怎么做。”

我不等他回答，立刻接着说：“拜托你了。”

“喂——”

我没等他说完就挂断了电话。我觉得很痛快，心想即使被开除也无所谓，即使把我降为交警我也不在乎。如果被罚站一天，那也就只是挨饿罢了。

我就这样向熟人强行借了车，直接出发了。——夕子还活着！

“就是这样。”

我不知不觉说出了口：“她可不是随随便便就会被人杀掉的女人。”

深夜，两点半。透过树与树之间的缝隙可以看到斑驳的湖面。就在不久前我还带着沉重的心情来到这里，而此刻我的心情完全相反。

我一边大声地唱着歌一边前进。歌曲的名字是“玛丽的绵羊”，我唱得不够动听，但是这时候这些都不重要了。

但是，我忽然想到也不能光顾着高兴，就闭上了嘴。即使那张照片上的人真的是夕子，那她现在未必就一定在这里呀，因为照片上的日期是半个月之前。要去哪里找她，我现在完全没有头绪。总之，那张照片的拍摄地点是个线索。是在这湖边吗？有树，有湖……怎么看都像是在这里拍的。

明天我要花一天的时间在这湖周围找找看，我一定要找到照片的拍摄地点。还有一个令我感到恐慌的问题——想到这，我不由得睁大了眼睛——为什么夕子还活着却不联系任何人呢？可能事出有因，但是至少应该和我说一下吧？

怎么想我都想不明白。也只能等见到她之后再问个明白了。

我放慢了车速，虽然在夜里我看不太清楚周围的环境，但是，我记得这里就是夕子落水的地方。

那个时候光秃秃的树现在已经长满了叶子，虽然看起来和以前不同，但是，我觉得就是这里，错不了。我把车停在湖边，下车。——静谧的夜。皎洁的月光给周围披上了一层银白色的纱。我站在湖边，湖面静得像一面镜子。

我在想，夕子遭遇了车祸，坠入了冰冷的湖里，她还是活下来了吗？和夕子一起的那个叫铃木的男学生怎么样了呢？听说，他和夕子是同一个研究小组的同学，那天刚好有个小组的毕业纪念会，地点就在这湖的附近。因为有事迟到，他们俩人就开车追赶同伴。

那天，寒风吹得我几乎失去知觉。我就一直站在湖边，望着平静的湖面，听着风吹动树叶的声音，陷入了沉思。

湖面上有动静。——那是什么？我瞪大了眼睛。有什么东西打破了湖面的平静，从远处慢慢滑行过来，向岸边靠近了。

我倒没听说过这湖里会出现尼斯湖怪兽，——不对，这里应该叫 K 湖怪兽。

待不明物靠近之后，我仔细一看，发现竟是一个头发很短、脑袋小小的人。虽说当时已是夏天，但是大晚上在湖里游泳这种事还是很少见，可见这人多喜欢游泳啊。

我看到那个“喜欢游泳的人”在离我较远的地方上了岸。突然，我说不出话来了。那是一个年轻的女孩。当然，既然知道是人在游泳，那么肯定不是男人就是女人，对此真是不应该大惊小怪。

那人并没有穿着游泳衣，甚至没有穿裙子或者睡衣。也就是说，她是全裸的。被水浸泡过的身体在月光下泛着白光，长长的头发披在肩上。

这个女孩朝着她放置衣服的地方走去。

“等等——”

她的背影，怎么说呢，似曾相识。莫非是……我绕过树荫，想要靠近她时，被树根绊倒了。

听到响声，女孩回过头。月光明亮，我不可能看错。

是夕子。

“夕子！”我叫了出来。但是，她好像没听到。她走得越发急了。我不停地喊着她的名字。但她几乎没有一丝犹豫，再次纵身一跃，跳进了湖里。

3

旅店的老板和老板娘不停地打量我，然后对视了一下，用一副不可思议的眼神看着我。——当然，这也无可厚非。因为一个男子全身湿透，在夜里三点前来投宿，他们没有立即叫来警察我就谢天谢地了。

为了打消俩人的疑虑，尽管我不打算这样做，但还是拿出了我的警察证件。顿时，俩人恭敬了起来。

“请上二楼吧，那里有最好的房间……”

“随时都可以洗澡。”

“我帮您拿行李吧。”这对夫妇热情起来。他们好像认为，我这个警视厅的警部专程从东京赶来，一定是来秘密调查什么大案子的。

“您是为了追坏人才掉进湖里的吗？”老板娘用认真的口气问我。我有些慌乱，急忙回答说是因为自己脚下一滑，不小心掉进去的。不知道对方到底信不信。

我把弄湿的衣服放在阳台上晾干，然后钻进温暖的浴池。好不容易找到夕子，却让她逃走了。虽然有些遗憾，但是我至少知道了她就在这附近。

我跳进水里追夕子的时候，她就潜入水底了，我也尝试着潜入水里，但是，下面黑乎乎的，什么也看不见，我游了一会儿只好回到岸上。我找遍了周围的树丛，也没有发现她的衣服。大概是我在水下寻找的时候，她上岸把衣服拿走了吧。

如果知道追她的人是我，她应该就不会逃走了吧……

但是，夕子到底为什么深更半夜在湖中游泳呢？我想起了当时的疑问。那里就是当时她出车祸落水的地方，这其中有什么关系吗？也许和不想别人知道自己还活着这件事有些说不清的联系……

我沉浸在自己的思绪里。泡在浴池中思考这样的事，始于西洋的埃格斯女官时代，当时非常流行，但是现在，在日本，并没有这样的习惯。我就这样沉浸在自己的世界里，一个小时就这样过去了。当发觉这一点的时候，我就像一个水煮鸡蛋一样，弹出了浴池，一头倒在床上睡着了。

早上睁开眼已经九点半了，我慌忙下楼到大厅里随便吃了些已经冷掉的早饭。刮完胡子，穿戴整齐，我开始思考接下来要做的事。

总之，先行动起来吧。首先把夕子的这张照片拿给附近的人看看，询问一下有没有人了解情况。当然，首先应该找的人就是这家旅店的老板和老板娘。

幸好，早上的阳光很强烈，晒干了昨晚的湿衣服。我穿好衣服，走到楼下的大厅里，看到几个住宿的客人坐在沙发上，有的看着报纸，有的看着电视。因为在前台处没有看到那对夫妇，我就坐在了空着的沙发上，看起了报纸，当然也没什么有意思的新闻。

我无所事事地打量着坐在大厅里的客人。突然，一个人引起了我的注意。那是一个身材矮小、不起眼的中年男人，他给我的印象就像一个一辈子没出息的普通推销员。但是，我是不是在哪见过他？是在哪里呢？他是个容易给人留下印象的人。既然不能马上想起来，那么我肯定只是见过他一两次。

那个男人引起我的注意并不是因为我记得在哪里见过他，而是因为他焦躁不安的样子。他不停地看着门口，只要是有人进来他就立刻站起来，然后再失望地坐下。看来他是在等人。

这时，我发现老板娘回来了，便站起来朝她走过去。

“早上好。”

老板娘很周到，她问我：“您昨天休息好了吗？”

“承蒙照顾。”

我一边咳嗽一边说：“其实，我有件事想问您。”

“您说。”

“你见过照片上的这个女人吗？”说着，我拿出照片。

“是这位女士吗？没见过呢……”

“不，不是正中间的那位，是后面那位，侧脸的那位。”

“啊，您说的是这位呀。”

老板娘脸上一下子亮了起来：“我当然认识。”

我的脑子里瞬间突然一片空白。

“——真，真的吗？你认识她？”

“是的。但是，您为什么要找这位女士呢？”

“是——是因为有些事情。”

“这个人是不可能做坏事的。”

“嗯，我知道。我不是这个意思。”

“那就好。”

老板娘松了一口气说：“这是内藤家的少夫人。”

“少夫人是指？”

“嗯，就是内藤先生的儿子的妻子。”

我拼命地装出平静的样子，抑制住自己发抖的声音。

“那，那么，在哪儿才能见到她呢？”

“嗯……”老板娘犹豫地偏了偏头，正好看到了从门口走过的人，说：“您不用去找了，看，她这就到了。”

我回头，看到玻璃门被打开，夕子走了进来。

“夕子。”

“啊，亲爱的。”

“你还活着。”

“我想你。”

然后两个人跑向彼此，来个热情拥抱。不应该是这样吗？

但是，实际情况完全不是这样。我默默地看着穿着运动衫、牛仔裤的夕子走向我们，但她似乎并没有看到我一样，直接走向老板娘。

“早。”她笑着打招呼。

“早上好，少夫人。很少能见到您呢。您先生还好吧？”

“谢谢。他很好。房顶修理得怎么样了？”

“今天请了人过来修。”

“是吗？天气不错，这样刚刚好呢。”

“是呢。那个，夫人，这位先生说是有事找您呢。”

“找我？”

“是的。”

夕子面向我。

“你有什么事儿吗？”

我本来应该说些什么的，但是我也愣在当场。眼前站着的明明就是我念念不忘的永井夕子本人，但是，她看我的眼神就像是在看陌生人一样。

“我是内藤京子，您是哪位？”她又重复了一遍。

“啊，我叫宇野——”

“是宇野先生吗？”

“这位是警视厅的警部。”

老板娘插嘴说。

“啊，您找我有什么事儿吗？”

“是，是的。实际上，那个……”

我努力地使自己冷静下来：“您认识一位叫永井夕子的女士吗？”

“永井夕子……”

“永是永久的永，夕是夕阳的夕。”

“不知道……”她偏了一下头，接着说，“不好意思，我没有印象。”

“是吗？这样啊。”

“这位女士怎么了？”

“那个，她失踪了。”

“啊，真可怜。但是，您为什么要找我呢？”

一时之间，我竟然不知道说什么好。

“夫人。”

门口处响起了急切的声音。一个身材高大得出奇的男人突兀地站在门口处，看起来他的身高接近两米。其实不仅是身高，他的体形比别人也要大出一倍，他好像拥有惊人的力量。但是，与他的体形相比，这个人的年龄看起来并不大，三十岁左右。

“什么事儿？”夕子回头问。

“有急事……”

“我马上就来。”

说完夕子又重新面向我说：“不好意思，我还有工作要忙，失陪了。那个，宇野先生，对吧？”

“嗯——”

“再见。”夕子轻轻地点了点头，快速走了出去。我茫然地目送她离开。

这时，奇怪的事情发生了，刚才不停看向门口的那个戴眼镜的中年男人，不知什么时候和作为司机的大块头男人一起出了门，并且跟在夕子的后面，俩人热火朝天地聊起天来。隔着玻璃门我虽然听不见他们在说什么，但是，夕子看起来很迷惑。这时，大块头的男人插了进来，眼镜男被大块头用一根手指拨到了一边，因为他身材矮小，虽然只是被大块头轻轻一碰，他却像被撞飞出去一样向后倒去，最后蹲坐在地上。

大块头打开车门让夕子上车，然后回到驾驶座位，开车离去。那个眼镜男找夕子，到底是有什么事儿呢？

“我好像没帮上您什么忙呢。”

旅店老板娘的声音打断了我的思绪。

“嗯，哦，没有，没有这回事。”

我故作镇静，说：“那是位很美丽的女性呢。”

“是啊，谁说不是呢。”

“不知道她从事什么工作呢？”

“内藤先生在这一带经营了很多旅店，我们这里也是其中一家，我们受雇于他。”

“原来如此。”

“少夫人会时不时巡视各个旅店，传达内藤先生的指示，听取各个旅店的意见和请求。这本来是内藤先生儿子的工作，但是，因为他身体虚弱，只能由少夫人代劳了……”

“那么，少夫人是当地人吗？”

“不，是内藤先生带过来的，之后和内藤少爷结了婚。”

“那是什么时候的事？”

“嗯……是最近的事，今年三月份的事。”

据说，这世界上确实会有那么一两个人跟自己长得非常相似，因此，有人和夕子长得十分相似也不是什么不可思议的事。但是，在一个人消失之后，另一个长相一样的人立刻就出现在同一地点，这样的巧合实在难以令人相信。

内藤京子就是永井夕子，我确信这一点。但是，如果是这样，为什么她要装作不认识我呢？为什么这四个月来，她要以内藤雄一郎的妻子的身份出现呢？看起来她也不像是被人监视，为什么不和别人联系呢……

思前想后，我觉得答案只有一个，那就是她失忆了。

4

同前天晚上一样，今晚也是个美丽的月夜。掠过湖面的风吹过来，很凉爽，很舒服，白天的暑热就像不曾存在过。

我坐在树荫下，看了看手表。凌晨两点。昨天晚上碰到夕子在湖里游泳是夜里两点半，因为昨天晚上我发现了她，可能今天晚上她就不会出现了。但是，我决定赌一把。如果不这样，我根本没有机会和她单独说话。

我从旅店老板娘那里打听到了内藤家的详细情况。原来，内藤家是这一带的大地主，家产是由祖祖辈辈传承下来的，现在的当家内藤雄造是个品德高尚的人，很受这里的人尊敬。他不仅不像其他地主那样横行霸道，反而是个十分谦虚的人，并且，由于一直致力于当地的发展，他理所当然地受到人们尊敬。

而内滕大人在生下儿了内藤雄一郎之后就去世了。雄一郎一直生病，身体孱弱，现在二十四岁，退了学，在家养病。不久前，父亲内藤雄造突然给他带回来一个媳妇，这件事很是让大家吃惊。

由于雄一郎的身体健康状况，内藤雄造既没有为他们举行结婚仪式，也没有宴请宾客，儿媳妇就这样嫁了过来。当然，这其实也是理所当然的事。如果要举行仪式，宴请宾客，那么就不得不请新娘的家人过来，到时候，内藤雄造就不好解释了。

夕子是在车祸之后成为内藤雄一郎的妻子的，那具体的经过到底是怎样的呢？夕子是真的失去记忆了吗？

为了弄清楚事情的经过，无论如何我都要找她单独谈一谈。因此，我整日关注她的行踪，但是一次这样的机会也没有。因为，那个据说叫大冢的大块头男人，整日跟着夕子，一刻也不离开。如果就这样直接过去搭话，一定会被他当作小鸡子扔出去好远。这就是我要在深夜来到这的原因。

两点十分左右，我看到一个白色的身影穿过树林走了过来，我立刻躲到树后面。

果然是夕子。她穿着白色的睡衣，就那样不紧不慢地走着。之后走出林子，站在湖边，开始静静地脱衣服。

月光下柔美的裸体迅速钻入水里不见了。这次，我并没有像上次一样追过去。就算是在盛夏，人也不可能长时间待在冷水里。如果我在她脱衣服的地方等的话，一定会等到她上来，到那时候再和她谈也不迟。

我从树影里走出来，慢慢地靠近她脱衣服的地方。

突然，我听到背后有声音，急忙回头。就在这一瞬间，我感觉到自己的脖子和腰带被牢牢抓住，接着整个身体就被举到了半空。

“喂，你要干什么？”

我不禁出声大喊，并且手脚乱动，但是一点用都没有。我身后的浑蛋是那个力气超大的大块头男人。

“放开我！听到没有！”

我被不断地举高，内心越来越焦急。要是被这样扔向大树干，一定会脑浆四溅，一命呜呼的。

“住手，快放我下来！”

对方这次确实听了我的话，把我放了下来，只不过是用力把我“放”到了几米外的地面上。受到这样的撞击，我感觉身体像是散了架，顿时失去了知觉。

“我还活着吗？”

当回过神来后，我支起身子，自言自语了一句。

我感觉自己的身体嘎嘎作响。腰、背、手腕、脚，总之所有的地方都很痛。

“浑蛋！”

即使我现在再生气也无济于事。夕子的衣服已经不见了，当然也看不到她本人。周围已经亮起来了。

我看了一眼手表，指针停在了两点十六分。因为撞击，手表坏了。这只表是瑞士手表，我到现在还在分期付款，心疼得我差点哭出来。我一定要向那个大块头讨回这笔债！

我向旅店的方向走去，路过一栋别墅的时候看见十几个学生模样的男孩女孩出来做体操。他们穿着训练服、紧身裤，跟着广播做着动作。我一边抚弄着腰，一边探着身慢慢向前走。看到我这样，他们一脸茫然地停下来看着我。

“什么情况？”

“怎么回事啊？”

“这还用说？肯定是昨天晚上和女朋友做多了呗。”

“在树林里？”

“啊，真恶心！”

过街老鼠就是这种感觉！

回到旅店，我一边上楼一边想着要好好洗个热水澡。但是，因为腰痛，我的速度可以和乌龟相媲美。终于到了二楼，我发现房间的门开着……

“这是怎么回事？！”

我顾不上腰痛，立刻冲进了房间。我的包里面的东西全被翻了出来，散落在房间里。

“到底怎么回事？”

谁来过我的房间？又在找什么呢？收拾东西时，我闻到了犯罪的味道。

有人在弄乱我的房间之后，也没有收拾一下，竟然就这样堂而皇之地离去，太奇怪了。莫非，这是在暗示我——让我赶紧离开这是非之地吗？

终于收拾完了，伸了伸腰，仰在摊开的被子上睡着了。

那个男的当时在睡觉。——那个当时向夕子搭话、被大块头撞飞的小个子的眼镜男。

他穿着睡衣，胸前的红点已经变大，眼睛睁得很大，但已经没有焦距——他死了。

“也就是说，你对这个男人被杀死在你房间里这件事一无所知，是吗？”

木户署长用怀疑的口气问我。

“我刚才都说了很多次了。”

我又含混地加上一句：“我在楼下大厅里倒是见过他，但是，我们并没有说过话。”

“那为什么他死在你房间的被子里呢？”

“我怎么会知道，你问问他自己啊。”

木户署长一脸横肉，笑得很奸诈：“不会是因为争风吃醋而吵起来的吧？嗯？”

“他是和一个女人在一起的吗？”听到他的话，我吃了一惊，这样反问道。

“你和这个被杀的男人关系很好，是不是？”

我顿时无语，盯着木户署长因好奇而发光的眼神。简直不可理喻！

以前我来这里的时候，有一个叫室津的乡村署长，他为人谦逊沉稳，也善于倾听。但是，四月份之后，由于职位调动，这个叫木户的大胖子坐到了署长的椅子上。

看来，无论如何他都不相信我说的话，并非要把我和嫌疑人挂上钩了。即使我表明身份，他也不买我的账。他死咬住我不放，甚至要求我给警视厅打电话，但是，本间警视还没有上班。

“总之呢……”木户署长一边扬起下巴，一边说，“受害人是被利器刺穿了胸部，当场死亡的。直击心脏，一招致命。这可不是单纯的争吵或者仇杀。看来犯人很熟悉凶器，是个老手。”说着他还时不时地用眼光扫向我。——开什么玩笑！真是！

这时，木户署长桌子上的座机电话响了，拿起听筒的木户口气立刻变得礼貌了。看来电话是本间警视打来的。我终于松了一口气。

“是的，是您那边的警部先生——是的，是有些不修边幅的四十岁男人——就是，就是，看起来很疲。”

不要随便乱说！我很生气，木户署长用眼睛瞪我。

“算了，你的身份搞清楚了。”挂了电话，他这样说，“但是，谁也不能保证警视厅的警部就一定不是杀人犯啊。你现在依然是第一个应该被怀疑的对象。”

“我现在可以回旅店去了吧？”

“嗯，可以了。”

木户署长答应得不情不愿，还说：“不要逃跑啊。”

“等找到真正的犯人，我会通知你的。”

丢下这句话，我走出了S町的警察署古建筑。

已经过了正午，阳光还是很刺眼。—— 到底是怎么回事呢？那个被杀的男人到底是谁？为什么会在我的房间里呢？是谁杀了他呢？不，不对，那个男人为什么当时要缠着夕子呢？

我想了很多，脑子很乱。最后我得出了一个结论，那就是现在必须要吃午饭了。

我走进附近的一家餐馆吃饭，顷刻间就吃掉了一盘有些水分的咖哩饭，接着又点了一份。从昨天晚上开始我就没怎么吃饭，现在我也不再挑剔它的味道了。

吃完第二盘之后，我终于沉住了气，接着点了一杯咖啡。我喝着像泥浆一样的浓咖啡，这时，店老板打开了放置在高架子上的黑白电视机。

我顿时又想起了夕子死时的情景。那时候我也是一边吃午饭一边看电视，然后，就在新闻中看到了夕子的脸。

“新闻……等等。”我一边自言自语，一边放下了杯子。

“对啊，我想起来了。”

那个被杀掉的眼镜男，我在电视的新闻里见过。浑蛋，为什么没有早点想起来呢？他是铃木雅文——也就是和夕子一起出车祸死掉的学生的父亲啊。

5

我从树丛中探出头来悄悄地张望。——这是一座像大学的校舍一样，有着旧式风格的建筑群，里面到底有多少房间呀，我根本数不过来。

黄昏时分，光线昏暗，内藤家的府邸更加宏伟神秘，看了让人胆怯，不敢靠近。偌大的后院由低矮的灌木围起来，如果愿意，就可以很轻易地进去。在这里说可以进去，并不是说能够随便进去，如果就这样越过围墙进到里面的话，这就是私闯民宅。但是，随着夜幕降临，周围的一切都暗了下来，我一刻都没有犹豫，进入了内藤家的后院。

不管理由是什么，只要我被发现，肯定会被开除。我知道问题的严重性还这样冒险，不仅是因为我要见夕子，更是因为我认为铃木父亲的死和夕子现在的态度之间肯定有着什么联系。

那个本来应该和夕子一同死去的青年的父亲，为什么会死在来寻找夕子的我的房间里面呢？这绝不会是偶发事件。而且，既然这件事和杀人事件联系到了一起，那么，夕子的车祸也一定有什么隐情。

虽然很顺利地进入了院子里，可是接下来要向左还是向右，哪边是客厅，哪边是卧室，我完全搞不清楚。最后，我决定先在一间放置杂物的小屋旁边藏起来，等待有人从院子里面的长廊下走过。

我和来势汹汹的蚊子斗争了一个多小时，虽然还不至于说是受了一夜的罪，但是，这一个小时对我来说简直是太漫长了。听说专业的小偷或者入室盗窃的人，即使是第一次进入陌生人家，也能很快抓住重点——搞清楚财物在哪里。此刻，我对他们的才能十分羡慕。

廊下有人影经过。我眯起眼睛仔细看，发现那是手里拿着毛巾的夕子。太好了，我刚想从小屋的后面出来，发现对面那个叫大冢的大块头从廊子的另一头走了过来。我又慌忙藏起来。这个浑蛋总是碍事。

等大块头走过去，我从小屋后面出来的时候，已经看不到夕子的身影了。但是，如果她在洗澡间的话，从外面看也可以知道里面的情况吧。我绕到了夕子消失的方向。高高的窗户里冒出白色的水蒸气。

先说清楚，我绝对不是偷窥狂。但是，要想和夕子单独谈一谈，还有比这里更合适的地方吗？虽然现在夕子已为“人妻”，我一点也不怪她。我利用了旁边的空箱子，踩在上面，向洗澡间里面看。

开始的时候里面的水蒸气很大，什么都看不到。因为木桶就在窗户下面，很难看到。我踮起脚尖来看，隐隐约约可以看到夕子的裸体。好，就是现在，是要开口的时候了。

不知不觉，我就踮起脚尖，我踩着的空箱子发出隆隆的声音，就在这时，我的脚下踩空了，我摔倒在了地上。

周围安静的氛围，将此时的声音衬托得更大。浴室里传出了夕子的悲鸣声。——糟了！

我忍着腰痛，颤颤巍巍地站起来，向后院跑去。跑了没有十米，我就碰到一堵墙，不，是大冢这个碍事的家伙。这个浑蛋，我咬着牙不甘心地向他撞过去。但是，对他来说，这就像是给他挠痒痒一样……

“你行啊，私闯民宅，还偷窥别人洗澡。”木户署长絮絮叨叨地说。

“我这么做，事出有因……”

我一边摇头，一边说。我感觉被那个傻大个儿用力撞击之后，我的脑袋还没有清醒过来。

“那到底是怎么回事，我想听听你的解释。”

木户署长又坐回到了椅子上：“内藤先生是这里的名人啊。你不仅私闯民宅，还偷看少夫人洗澡，你是在调查什么案子吗？”

我彻底无语了。不管我怎么跟他解释，他都会曲解我的意思。恋爱男人的那种心理就是跟他日夜不停地说上十天，他也不会明白。

“——你这样沉默，是表示不打算解释吗？好吧，那就熬夜吧。那就只能把您留在这里一晚上了。”

“随你的便吧！”

我没好气地说了一句。

“署长。”

值班的年轻警察进来了。

“什么事？”

“有客人来了。”

“客人？现在都几点了？”

木户署长心情很不好，拿属下撒气。

“是，但是……客人是从东京特地赶过来的。”

“从东京？”

“不好意思，打扰了。”推开年轻的警官走进来的，是我日思夜想甚至想要拥抱的原田警官。

“你说什么？你是来带我回东京的？”

“是的，这是本间警视的命令。”

“就算是警视的命令，那也不行，我是不会回去的。”

“但是，宇野警部……”原田一脸为难的样子，“警视说，就是拖也要把您拖回去。”

“喂，原田，我和警视的话你听谁的？”

“那还用说？”

“这就对了嘛。”

“当然是警视的命令。”

我一阵眩晕。

“忘恩负义的家伙！”

我们回到旅店时，已经将近夜里十二点了。看来，明天无论如何我都要回东京了。本间警视还不知道今天晚上发生的事。明天他一定会知道的，到时候我肯定会被开除了。

“但是，宇野警部，你真的偷看别人洗澡了吗？”

“嗯。”

“果然呀……”

“果然什么？”

“警视说了，您因为夕子小姐去世了，欲望得不到满足，所以才这样的。”

“别开玩笑了！喂！”

“真是让我生气！”

“那不就是把我当作色狼吗？我是为了和夕子谈谈才这么做的。”

我把事情的经过原原本本地向原田解释了一遍，接着，又重复了三遍，他才似懂非懂地接受了夕子还活着的事实。

“那，宇野警部，您打算怎么办呢？”

“再次潜入她家里。”

“什么时候？”

“只能是今天晚上。想必对方也不会想到我会再去。你能帮我吗？”

“我？我吗？”

“有个大块头男的跟你有一拼，他力气很大，真是很让人生气。你帮我吧。”

“嗯……”

“你不愿意？”

“不是。但是，我饿了。”

这家伙真是个“吃货”！

“现在先忍着。回东京，我请你吃三人份的烤串。”

“当真？”

他的脸上立刻放出光，随即又暗了下去。

“但是……被开除是没有安置费的。”

夜里一点半，我和原田悄悄地潜入内藤家。

“我们从哪儿进？”原田压低声音问我。

“我怎么知道！”

“那——”

“我们从这棵树上爬上去吧。”

枝繁叶茂的树枝一直伸到了屋顶，其中有一股伸到了二楼的窗户处，看起来很难爬上去。

“要爬这棵树吗？”

原田瞪大了眼睛说：“那个，要说爬这棵树，我还真不行。”

“废话，是你说要爬这棵树的。你在这里看着就行。”

“这样啊。”

原田安心地松了一口气。我想，要是他上去，别说压断树枝了，甚至他可能会把整棵树压折。

“走了。”

还在当孩子王的时候，我就很擅长爬树，现在因为上了年纪，爬起来很费力，但是，我总算爬了上去。我分开树叶，想要爬上更粗一些的树枝。但是我就像是钻到了树叶中一样，一下子也不能分清楚建筑的方向。我犹豫不决，盲目地用手去抓树叶，差点从树枝上摔下来。这时我对上了一张脸。

对方也很吃惊，迅速地将身体向后退，但是看到我快要掉下去的时候，又立刻探出身来。

“嗯？”

那是我十分熟悉的声音：“你什么时候开始跟猴子抢生意了。”

我一时无话可说。

“夕子，是你吗？你还记得我吗？”

“实在不巧，我记得你。总之，先进来吧，这里不是说话的地方。”

我呆呆地跟在夕子的后面。我直接跨过树枝，就进去了。

——这到底是怎么回事？

6

“那么，您就是宇野警部吗？总是听她提起您。”

夕子的丈夫——内藤雄一郎微笑着说。夕子的脸色不太好，没有什么血色。确实，她明明很年轻，但是，身体却很瘦弱，总是一副疲倦的表情，给人一种过早苍老的感觉。

“总是……这么说，夕子，你……”

穿着白色睡衣的夕子打断了我的话：“等一下，说来话长，不是一句两句就能说清楚的。”

“你别开玩笑了，五个月啊，你考虑过我的感受吗？”

“不，宇野警部，不要责备她，都是我和我父亲的过错。”

我完全搞不懂里面的缘由，看看夕子，又看看内藤雄一郎。夕子开口了：“汽车落水时，我奇迹般地从车子里逃了出来。湖水冰冷，我想我很可能就会死在里面，但是，即使是这样，我还是努力游上了岸，接着就失去了意识。”

“就在这时，我父亲的车正好经过，然后把她救了回来。当时她发了高烧，身子像着了火一样。”

“接下来的一个月，我都游走在生死边缘。后来身体终于有所好转，但还是十分虚弱，不能下床行动。终于能下床之后，我向内藤先生道了谢，想要离开，但是，内藤先生说让我留下来，嫁给雄一郎先生。我很吃惊，他救了我的命，我很感激，但是，我不能答应他的要求。然后，内藤先生就说，如果我拒绝的话，那个男生就没命了。”

“哪个男生？”

“就是当时和我在一辆车上的铃木。”

“那他也一起得救了吗？”

“我不知道。”

夕子摇了摇头说：“铃木的尸体最终没有打捞上来，不是吗？内藤先生威胁我说，他把铃木关在了山上的小屋内。他很有可能是在故弄玄虚，但是，我也不能断定他就是在说谎，而且，我也没有足够的力气逃出去，因为那个叫大冢的男人一直在看着我。我只能照内藤先生说的做。”

“我父亲不能眼看着内藤家的血脉就这样断了。”内藤雄一郎说，“父亲现在得了重病，只有不到三个月的时间了。”

“但是，没有听镇上的人提起过这件事啊……”

“是的，这件事谁都不知道。父亲是个声望很高的人——总之，事情就是这样，父亲希望在他有生之年能够看到我成家。这时，夕子小姐出现了。父亲认为这是天赐良缘，不管我说什么，父亲还是执意要让夕子小姐嫁给我。”

雄一郎先生看着夕子，微笑着说：“我觉得父亲的这种做法实在不妥。但是，父亲已经时日不多，我想满足他最后的愿望。所以我就拜托夕子小姐，成为我名义上的妻子。”

“名义上？”我忍不住开口问，“这么说——”

“是的，您不要担心，我连碰都没碰过夕子小姐。”

“放心了？”夕子用一种近乎嘲弄的眼神看着我。

“算是吧……”我悄悄地用手抚了一下胸口。

“因为我父亲的决定，让您担心了，我向您道歉。您也看到了，我的身体很弱，基本上不能外出。我父亲说的另外一个学生的事我也不能确定。父亲已经时日不多，很有可能做出什么事来……”

“因此，这几日我从窗户附近的树上爬下去，到湖边去寻找铃木。我在水下找了几次之后，终于找到了一些疑似铃木遗体的东西。”

“所以你才晚上下湖寻找？”

被我这么一问，夕子的表情变得怪怪的。

“你怎么知道？”接着她又说，“啊，这么说，我前天晚上看到的就是你吧。”

“呃，是吧……”

我接着又问：“那个叫铃木的学生的遗体找到了吗？”

“我也不是十分清楚，因为是在晚上，我不能长时间待在水下。但是，我知道了内藤先生的话是否属实。我不知道铃木的父亲是怎样找到我的，因此无论如何我想弄清楚这件事……”

我一下子明白过来。对了，那么，那次杀人事件——

这时，房门一下子被人打开了。雄一郎惊讶得提高了声音。

“父亲！”

这个人品低劣，六十岁左右的绅士穿着和服端坐在门口。

“你就是宇野警部吧？我是内藤雄造。”

内藤冷静地说：“刚才的话我都听到了，我真是愚蠢。我为了自己的私利，给您添麻烦了。夕子小姐，我请求您的原谅。”说着内藤低下了头，一副十分严肃的表情。

这时，夕子说话了：“内藤先生，我同学铃木的事……”

“那是我骗您的，是我救下您之后后来才想到的……想必您在湖中找到的就是那个学生的遗体。”

“父亲。”雄一郎说话了，“现在可以让夕子小姐回去了吧？”

“当然。夕子小姐，请您无论如何一定要原谅我。”

“您是我的救命恩人。”夕子微笑着说。

“夕子，铃木的父亲在旅店里被杀了。”

“你说什么？”

我们向内藤家借了车，现在正行驶在夜路上。我把发生的杀人事件说给夕子听。

“到底是谁干的……”

“不知道，现在还没查到凶手。”

“该不会是内藤先生吧？”

“现在还不好说。也有可能是被别人知道了你还活着的事，为了封口，所以杀人。”

“但是，如果他真的那么拼命地留我的话，现在怎么会这么轻易地放我走？”

“那倒也是。铃木的父亲为什么会在我的房间被杀这件事我也不明白。凶手也可能是看到我在旅店里和你说话，便在我的房间里等我。”

我说了我的想法。

“还有一件事很不可思议。”

“什么？”

“那个叫大冢的大块头男人，明明知道你去湖边却放任不管，为什么呢？”

我把昨晚被大冢放倒的事情告诉了夕子。她沉默了一会儿，然后说：“他一定是喜欢上我了。”

“那个怪物？”

“他本质上是个正直的好人，只是完全听命于内藤先生。并没有伤害我。”

“他对我却是毫不留情啊。”

“是吗？你不能偷看别人洗澡啊。你这个坏毛病要改。”

我笑了。

——我已经几个月没笑过了。夕子终于回来了。

“回到东京以后我们庆祝一下吧。”

“别忘了请我吃烤串。”

后座有人说话了。对了，原田还在后面坐着。

“但是，当时你装作不认识我，我还是很受伤的。”

“没办法，大冢先生就跟在我旁边啊。”

“就算这样，你也应该给我一些暗示呀……”

我还有些不依不饶。

回到旅店后，洗完澡，我把穿着睡衣的夕子放在了床上。

“听说你结婚了，我很受伤。”

“知道我其实并没有结婚就放心了？”

“嗯，算是吧。”

我吻上了夕子的唇。

突然，夕子发出一声尖叫。

“大冢先生！”我回头看到窗户开着，那个大块头站在那里。

“喂，你在干什么？”

我嚷道。大冢的手里拿着一把刀，像是杀死铃木父亲的那种刀。大冢在内藤家也担任工匠一职吧。

“放开夫人！”大冢说道。

“我不会放手的！”

看来这个男人真的喜欢夕子。

“大冢先生。”夕子推开我，冷静地说道，“我哪都不去。”

“你说谎！”

“是真的。你别担心，冷静一下。”

“但是，你刚才不是在和他拥抱吗？”

“是的，我喜欢他。你能明白吧？但是，我不会扔下你不管的，你放心。”

大冢悲伤地摇了摇头。

“我都听说了，从老爷那里听说了一切。正因为不想让你走，我才杀了那个该死的眼镜男。”

夕子惊得说不出话来。

“即使这样，老爷和少爷还是瞒着我放你走。我不要！”

我想从大冢手上夺下刀。他手上已经有一条人命了，我不得不小心。

我扑过去夺大冢的刀，刀掉在地上。然而，大冢用力抓住我的手腕，接着我的身体就被抛到了屋子的最远处角落里。

我的身体重重地撞到了墙上，顿时意识模糊。

“放开我！”

夕子大叫一声。我抬起头来看到大冢抱起夕子向外面走去。

“站住！”

我想追出去，但是刚站起来就头晕目眩，无法走路。没办法只能手扶着墙支撑着身体，慢慢下了楼。

当我终于走到楼下时，正好看到车子开出旅店。

这时，听到声响的旅店主人出来探听情况，我急忙向他借了车。

“人命关天，快点！”

当我开车追出去的时候，夕子所坐的车已经开出去了很远，这家伙到底要把夕子带到哪里去啊？

前面的车一直沿着湖边走，我好不容易缩短了车距，却总也追不上他们。

终于，前面的车灯灭了。太好了。但是，这样的想法也只是一瞬间闪过。大冢开着车慢慢地转弯，竟然向湖中驶去。大冢想拉上夕子殉情！正当我考虑应该怎么办时，湖面上冒起了水泡。

“夕子！”

我跳入了水中，但是，因为是晚上，而且下沉的汽车搅动了水中的泥，湖水变得浑浊不堪，水下的情况一点都看不清楚，实在无法寻找。

啊！夕子！这次请你也一定要活下来！

我浮出水面后，心里这样祈祷，然后接着下水寻找。

突然，水下发出“咕咚”一声响动，夕子露出了头。

“夕子！”

我抓住了夕子的手，把她拖上岸。我们坐到岸上，除了喘息声再也发不出任何声音。

“……大冢好像死了。”

“是啊。”

“但是，不管怎样你逃出来了。”

“车子开始下沉的时候，是大冢自己打开门把我推了出来。”

“把你？”

“嗯，是他救了我。”

“最后竟然是这样。”

“他也是个可怜人……”

夕子摇了摇头。湖面又恢复了平静。

回到旅店，原田一脸没睡醒的样子站在门口。

“宇野警部！夕子小姐也浑身都湿透了。到底怎么回事？”

“怎么了？不行吗？刚游泳回来。”我这样说。

我们再次动用吊车把大冢的尸体打捞了上来。令人讨厌的木户署长对我的态度也因碍于内藤雄造的情面而有了一百八十度的大转弯，对我变得客气起来。

之后的三天，我一直在处理这次案件的收尾工作。三天以后，我和夕子踏上了回东京的路。

“我说。”

“嗯？”

“学校那边怎么样了？”

“不清楚，毕业证书好像还没有发下来。你叔叔很生气地说这太不合理了。”

“就是，要是不发就算了。”

“现在知道你还活着……”

“不能毕业才好呢。”

“为什么？”

“我故意挂了一科。”

“你为什么这样做？”

“在接下来的一年里，每周出勤两次就可以，这么多的闲暇不是很好吗？”

“别说傻话了，你空出这么多的时间做什么？”

“嗯？这不是明摆着吗？当然是进行犯罪学课程的实地演练啊。”

“喂，你还不长记性吗？”

“不能因为这么点事就怕这怕那啊。你知道吧，我现在是不死之身。”

夕子一脸得意。

“哎呀哎呀。”

我叹了一口气。想想也是，“幽灵”都做了，夕子还会死吗？

二
双胞胎之家
双子の家

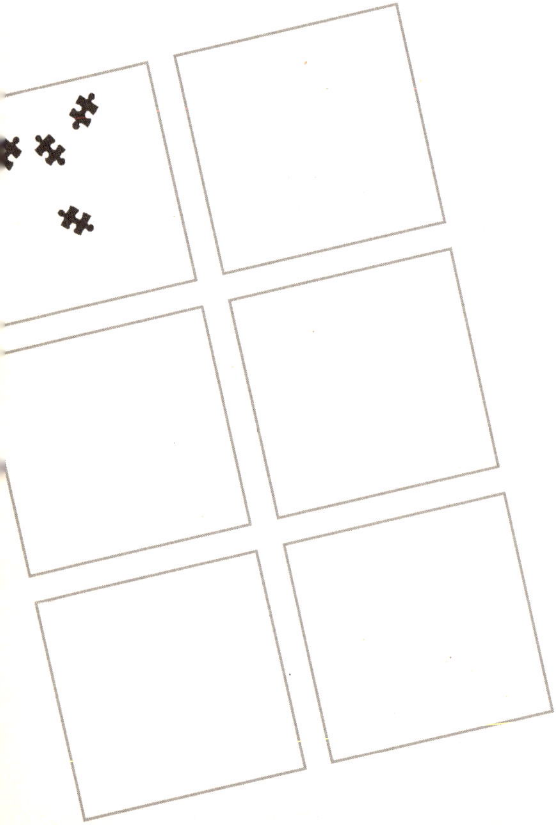

1

“喂，今天带我去哪儿？”

我拿起听筒，电话那头传来夕子兴奋的声音。我一边揉揉还没睡醒的眼睛一边说：“喂，现在才几点呀？”

“啊，都已经八点了。”

“什么叫已经八点了……我还在休息呢。你让我好好睡会儿行不行。”

“啊，你对我变得冷淡了。”

“不，不是这么回事……”

我天天忙于追查犯人，熬夜、忙到早上才回家都是家常便饭。这就是被称为警视厅搜查一课的魔鬼警部，而夕子闲得每周只需要出勤一两个小时。每天和她这样的女大学生混在一起，有时候我也很为难。因为，我毕竟是个四十岁的男人啊。

“那算了，我和别的男人一起出去好了。”

“喂，等等。”

只要夕子一出撒手锏，我就不得不让步：“知道了知道了，嗯……那我们去……”

我突然想起了一件事。

“对了，今天十一点，我有事要去P酒店的大厅……”

“嗯，我们很少去酒店，这倒是个不错的选择。”

“嗯？不是，去酒店是——”

“那，是十一点对吧，我等着。”

“喂，你搞错了吧，今天——”

电话那边已经没有声音了。

我忍不住叹了一口气，年轻人做什么都很快。莽撞武断也是年轻人的特点之一吧。

到达P酒店的时候已经是十一点过五分了。已经到了十二月份，走在街上的人的脚步和表情都显得有些焦急。天气很好，无风、很暖和，但是，人们都好像被风追着一样，心无旁骛地走着路。

我并不着急——我就这样慢慢悠悠、漫无目的地走着。来到酒店，我慢慢推开旋转门。大厅很宽敞，我随便坐在沙发上。

夕子很快就看到了我，朝我挥手。她一改以前常穿的轻便的运动装，这次穿了一件藏青色的连衣裙，手里拿了一件水蓝色的外套。我从来不知道夕子可以穿得这样雅致，看到她这种成熟女人的魅力，我不由屏住呼吸。

“你迟到好一会儿了！”

夕子微笑着抱怨。

“才十一点吧。”

“男士应该比约会的时间提前十五分钟到达。”

“你还会说，‘女士应该比约定的时间晚十五分钟到达’对吧。”

“你倒是明白呀。”夕子一边笑着一边说，然后像个芭蕾舞演员一样优雅地一转身说，“那，今天既然到酒店了，我们就不醉不归吧。”

“嗯……其实我今天来这儿，是因为有工作。”

“工作？”

“我是来这里和别人商量事情的。”

夕子皱了皱眉。

“你怎么不早说！”

“我还没来得及说你就挂断电话了。”

“你真过分。浪费我宝贵的时间。”

说到宝贵，我的睡眠时间才更宝贵吧。我本想这样说的，但还是忍住了。

“你别着急呀，等处理完事情我就能陪你了。”

“你今天不用上班吧？到底是什么事情呀？”

“事情是这样的。”我挪过去，和夕子并排坐在沙发上。

“最近这段时间，有人每天给警视厅打电话，我觉得可能脑袋有些不正常。”

“什么样的电话？”

“有时候说‘哥哥要杀我’，有时又说‘弟弟要杀我’，但是听起来都是一个人的声音。总之就是打电话过来说有命案要发生，寻求警方保护。”

“那，你们的头头儿怎么说？”

“我们头头儿说——喂，注意你的说话方式。本间警视说‘警察的职务是专门处理已经发生的案件，如果只是为了预防有可能发生的杀人事件就派出警察，那么警视厅所有的警察都派出去也不够用。’但是，那家伙很难缠。所以我们头头儿先让我来了解一下大致情况。”

“哇，这个案件听起来很有意思嘛。”

“喂，你听好了，你只能听着，别插话。你不要动别的小心思，不准掺和。”

“唉，可是，这样我会很无聊啊。”

“就算无聊你也要给我好好待着。”我断然说。

就在这时，有个声音说：“不好意思。”我抬头，看到一个穿着上等外套的四五十岁的男人，他有着一张高颧骨的脸，看起来面露凶相，不像是个好人。

“莫非，你就是警视厅的……”他试探性地问我。

“是的。您就是给警视厅打电话的人吧？”

“但是，电话里说是一位警部先生要来的呀。”

“我就是。我叫宇野。”

“你是警部？”

男人用怀疑的眼光看着我。我很生气，拿出证件来给他看。没想到他立刻接过证件，仔仔细细地将照片和我本人进行比对。

“嗯，看来警视厅人才不足呀。”说着他还轻蔑地耸了耸肩。我忍住揍他的冲动说：“那还请尊驾不吝赐教！”夕子在后面偷偷地笑。男人从口袋里拿出名片说：“我很忙的。今天傍晚之前到我家里来。”说着他把名片塞到我手里，然后转身走掉了。

我再也忍不住了，向他大声喊：“喂，你开什么国际玩笑！”但是，对方已经走远了。

“你冷静一点，在大厅里大吵大嚷不太好。”夕子在一旁制止我。

“这是什么人呀！脸皮真够厚的！谁稀罕你呀！”

“但是他看起来不像是会闲着没事干去打恶作剧电话的人啊。他到底是什么人呀？”

夕子在看我手中的名片。

名片上写着：崛谷兼一郎——某某物产顾问·某某商会董事……上面共罗列了五家公司的名字，并且他担任的都是重要的职务，没有什么“系长”之类的小头衔。

“嗯？看来是个人物呢。”

“我不管他是何方神圣，总之不管他。好了，我们出去玩吧。”说着，我把名片放进了口袋。

“哎呀，好不容易有人招待我们，去看看有什么关系？”

“去这家伙的家里？但是——”

“难道你一点兴趣都没有吗？”

“一点都没有。”

“那你现在想一下，为什么像他这样的人会每天给警视厅打电话呢？如果只是打一次的话，可能是恶作剧，但是如果这样恶作剧得不到回应的话，他一定能会再雇别人这样做吧。而且他要求警察出面，这在某种程度上就是把事情公开了，他既然知道这一点还来寻求帮助，这不是很奇怪吗？因为这样就会使自己的家事暴露在众人的目光之下——这其中一定有什么原因。”

夕子说的也有一定道理。但是，这并不是我们两个人不顾一切投入之后还能全身而退的案子。

“那是另外一回事。要是因为这件事再次面临被杀的危险就不值了。”

“哇，魔鬼警部什么时候变成胆小鬼了？”

“什么呀，我是因为爱你才不想你死的。”

要是以前，脸不红心不跳地说出这么肉麻的话，我会觉得很困难。

“嗯，你还挺温柔的嘛。”

我刚要抗议夕子的嘲讽，她快速地在我的脸颊上吻了一下。

“喂，喂，别在大庭广众之下……”我慌忙看了一下周围。终于注意到了一开始就站在旁边的男人。

“你是？”我开口问，男人显得很为难，冲我点了点头。

“不好意思，打扰你们。”

“您还有什么事吗？”

我瞪着崛谷兼一郎，说：“我记得您说过，您是个大忙人啊。”

“啊？”

“你装什么失忆。你要是意识到自己的错误了，直说不就好了吗？您还有事吗？我可是牺牲了休息的时间来见你的，请不要无端浪费我的时间。”

“等一下，别这样。”夕子拉着我的手腕说。

“怎么了？”

“他们不是同一个人，你快仔细看呀。”

“不是同一个人？怎么会？啊？——”

我仔细盯着眼前的这个男人。他看起来确实和刚才的那个男人一模一样。但是，衣服不同了。刚才的高级上衣，现在换成了在特价卖场里随处可见的便宜货，就连西裤看起来也不比我的更高级。

“你……嗯……你不是崛谷兼一郎先生吗？”

对方也很吃惊。

“您见到我哥哥了吗？”

“您哥哥？”

“我是崛谷兼二郎。您是警视厅的警部吧？但是哥哥怎么会在这儿……”

“啊，我明白了。”

夕子提高声音说：“您二位都向警视厅打电话了吧，所以才一会儿‘哥哥’一会儿‘弟弟’的。”

“哥哥也打电话了？”崛谷兼二郎坐到了沙发上，边摇头边说，“哎呀呀，他总是这样。”

“是本间警视告诉我们的。”我点点头说，“我答应来这儿赴约之后，还是有电话打进来，并且说同样的话。听说还有很多抱怨的话。——但是，刚才那家伙听后很吃惊。你们是双胞胎，对吧？”

“我们是同卵双胞胎，只是出生的时刻不同，容貌、声音、体形都完全相同……但是，我们的性格确实是完全相反的。”

与他的哥哥兼一郎不同，弟弟的脸上更加柔和，不像哥哥那样面露凶相。而且弟弟的头发更多更黑，哥哥的头发很稀少，还混杂着白头发。

“在您休息的时间还把您叫出来，实在抱歉。”

“我们先谈正事吧。”

“是啊。如果可以的话，您能到我家里去吗？”

“你们哥俩在这点上倒是一样。”我嘟囔了一句。

“有什么不方便吗？”

“没有，走吧。”

我站了起来。弟弟的态度很礼貌，给人的感觉很不错。

“我们也受到了您哥哥的邀请。”

“这点您不用担心。”崛谷兼二郎笑着说，“我哥哥的家就在我家附近。——啊，那位美丽的女士，方便的话，请一起去吧。”

即使不被夸赞长得漂亮也一定会去的夕子，用甜得腻人的笑容回应说：“嗯，不好意思，那就打扰了。”

“您请。您请。有您这样漂亮的女儿在旁边跟随，您父亲也一定会很开心的。”

我现在真想揍这个弟弟了。

“我哥哥跟您说什么了？”

我们坐在二手车，不，甚至可以说是三手车里，崛谷兼二郎这样问道。

“只是说要我到家里去，没有谈别的。”

我还在介意他刚才说我是夕子“父亲”这件事，冷着脸回答道。但是，崛谷兼二郎只是一脸不在意地笑着。

“真是哥哥的处事风格。他总是这样，总是一味地认为别人都应该听他的。”

“您说‘有人要杀我’，这到底是怎么回事？”

“我哥哥深信我现在想要杀死他，取而代之。在此之前，他很可能以正当防卫的名义先杀死我。”

“也就是说，你们互相残杀？”

“就是这么回事。”

“但是——”

夕子插话了：“发生这样的事的原因是什么呢？”

“原本我们兄弟之间的关系并不是这样。小时候，我们经常利用自己的长相来愚弄别人。在性格方面，哥哥外向有野心。我性格内向，对事业也没有什么兴趣。所以父亲去世后由哥哥来继承家业也是理所应当的……但是，父亲偏偏留下遗言要我们共同经营。我自知不是那块料，就主动放弃了自己的权利，一切都交给哥哥打理。哥哥在事业上全力以赴，不断进取，渐渐成为了实业家。另一方面，我依靠自己的股份吃吃玩玩，也没有工作，平时自己喜欢画画。”

“嗯，这真是惬意的生活方式呢。”

夕子一边叹气一边说。对于现在的年轻人来说，这是一种理想的生活方式。真是可悲可叹啊。

“我和哥哥一直这样风平浪静地生活着。可是——”崛谷兼二郎停顿了一下，“从那时起，一切都开始变得不一样了。”

“‘那时候’是指？”

“那是……请等一下，马上就到家了，等到家之后我们再继续吧。”从市中心到这里有一个多小时的车程，车子驶入了树林之中，真是出乎人的意料，居然还有人住在这样的地方。我觉得这里应该是多摩丘陵的一角。车子在枯树与枯树之间的小路上行驶，终于停在了一座木质结构的洋式建筑前面。

虽然将眼前的建筑称为北欧风格听起来会好一些，但是，这栋建筑看起来确实很久远。暗淡的颜色搭配，使整个建筑都沉浸在阴郁的氛围中。在这栋两层的木质建筑中，能看到的窗户都紧闭着，这样的家总让人感觉会有幽灵出没。

“好了，请吧。”

我们下了车，来到大门处。这扇大门也十分有年代感，黑色大门的正中央安装有青铜色狮子形状的门把手。这时，门吱呀一声开了。

然后幽灵，不，一个女人从里面走了出来。

“这是我妻子。”崛谷兼二郎向我们作了介绍。我觉得我已经有些明白他刚才所说的“变得不一样”的原因了。

2

“没有什么好招待您的……”

克子夫人说着把红茶放到了我们面前，说了句“您请慢用”就出了屋。

“您妻子真是漂亮优雅。”我说。

“她是我唯一的宝贝。”崛谷兼二郎笑着回答说，“也是我和哥哥不和的原因。”

“是吗？”

“她以前是哥哥的秘书。哥哥也很喜欢她，甚至想和她结婚，所以把她带到了家里来。谁知道我们彼此一见钟情，结果她和哥哥分了手。站在哥哥的角度来看，她没有选择成功的实业家，而是选择了没有工作、游手好闲的我，他实在无法理解，从此就把我视为敌人。"

"那么，这中间发生了什么事吗？"

"嗯……我们五年前结的婚，但是就在我们结婚的第二年，我所持有股份的公司就开始由于经营状况不好而不再分红。也就是说，我完全没有了收入。"

"但是这——"我想说点自己的看法，但是被崛谷兼二郎打断。

"是的，刚开始我也认为是整体的经济状况不景气造成的。我多少也有些积蓄，也一度乐观地认为经济会有所好转。但是，当行业内其他公司的状况都有所好转时，那家公司还是持续赤字，我还是没有分红。而且行业内的人士也开始注意到，凡是和这家公司相关的其他业务，哥哥都经营得很好，他好像是故意让这家公司产生赤字一样。实际上，哥哥旗下的其他公司都发展得很不错。"

"您是说，您哥哥是为了断绝您的收入来源才这么做的？"我摇了摇头，"您想多了吧。其他的股东不会允许他这么做的。"

崛谷兼二郎笑着说："那家公司是父亲最早的产业，绝大部分股份都由我和哥哥持有，只有极少的一部分是由亲戚持有的。也就是说，基本上是哥哥一人说了算的。"

"亲戚方面没有任何反应吗？"

"亲戚绝对服从哥哥的决定。没有人对哥哥的话提出任何异议。"

"嗯。"

我叹了一口气，然后问："那您是怎么做的呢？"

“我当时认为，就算哥哥再怎么生气，也不会做出这样的事，所以我就靠自己的积蓄生活了下来。但是，近来，我实在是生活不下去了。我就下决心到哥哥家里开门见山当面问清楚，谁知道哥哥马上就承认了，甚至是乐在其中。他还说：‘要是实在混不下去了，可以到我的公司来上班啊。’我一冲动，就说‘杀了哥哥得到遗产，这种方法更便捷’……”

“原来是这样，这就是事件的缘由吧。”

崛谷兼二郎苦笑着说：“我当然不是认真的。但是哥哥受到了惊吓，买了手枪还雇了保镖。这样一来，我反而遇到了危险。”

“那您遇到了什么危险呢？”

“嗯，比如说——”就在这时，随着一声爆破的声音，窗户上的玻璃碎了，碎玻璃四处飞散。而且正对着窗户的椅子也飞了起来。

“散弹，快卧倒！”

我拉住旁边的夕子的手一下子趴到了地面上，崛谷兼二郎也没有受伤的迹象，看到我们趴在地上，他向门的方向冲了出去，我则起身冲向门外，正好与赶过来的克子夫人擦肩而过。

“发生什么事了？”

“是散弹枪，您不用担心。”

我对脸色苍白的克子夫人说：“您丈夫也没有受伤，请待在这里。”

我从玄关出去，追到林子里。我站在林子里集中精力寻找目标，但是没有找到任何人。可能是开枪的人打了一枪之后就逃掉了。

“浑蛋！”我刚骂了一句，就听到了夕子的声音：“怎么回事？”

“你就这样出来，知不知道很危险！”

“不必惊慌，我是不死之身的超人。这里没有什么人吧。”

“嗯，跑得倒挺快。”

“开枪的人是不是没有真正想要瞄准？子弹打得很偏。”

“难道是威胁恐吓……”

我注意到自己握着夕子的手腕，吃了一惊。

“你受伤了吗？”

“没有受伤也要被你抓出伤来了。”

夕子一脸痛苦：“你能不能对柔弱少女温柔点？”

“性命最重要啊。这哥俩都是危险分子啊。”

“你不担心要发生命案吗？”

“你又一脸蠢蠢欲动的表情。”

我们朝屋里走去，我苦笑着说：“总之，弟弟的意思就是问题都在哥哥那儿。”

“每个人都会替自己说好话的。不能只听信一家之言。”

“但是我讨厌去那个人的家里。”

“瞧你说的什么话，你是搜查一课的专业人士啊。而且这次事件看起来也不是那么简单呀。”

“没看出什么头绪啊。”

“那是因为你本人头脑太简单了。”

我们就这样拌着嘴，走到了门口，正好碰到崛谷兼二郎走出来。

“您发现什么了吗？——很难有线索吧。最近这段时间总是发生这样的事，真是过分到极点。”崛谷兼二郎皱着眉头说，“啊，我妻子准备了午饭，没什么好招待您的，请一起吃饭吧。”

吃饭用的餐桌说不上有多么豪华，但是克子夫人做的饭吃起来很暖胃，我们吃得很开心。

克子夫人看起来比她丈夫要年轻，大约三十一二岁的样子。她很成熟稳重，服装也不华美，正是因为以前是位秘书，所以她走路姿势优美，身材苗条，是位美人。有能力的秘书大多是大婶级别的人，如果是可爱类型的秘书，那么她们也就只会倒倒茶，没有什么实际能力，这是人们通常持有的印象。但是，克子夫人要算是个例外了。那个野兽——崛谷兼一郎喜欢上她也无可厚非。

吃饭期间，崛谷兼二郎一直在向我们介绍这座建筑，尽量使我们不那么无聊。但是克子夫人基本上没有开口说话，她只是唇边挂着微笑，默默地坐在一边。

“那么，接下来您准备怎么办呢？”

饭后，我们回到客厅，崛谷兼二郎问道。刚才碎掉的窗户已经用厚纸板挡上了，碎玻璃也已经收拾干净了。

“目前我也不太清楚，我想先到您哥哥那里去了解一下情况。”

“那是自然。那就请您听听我哥哥的说辞，再做出公平的判断。”崛谷兼二郎一边点头一边说，“我去打个电话确认一下哥哥有没有回家。”说着他走出了客厅。

“哎呀哎呀，真是让人为难啊。”我叹了一口气说，“即使能问出什么来，只要没有发生什么实质性的事，我们就不能行动。就算我们问起刚才散弹的事，对方也一定会装糊涂的……喂，你在干什么？”

我看到夕子站起来，慢慢向刚才坏掉的窗户走去。不仅如此，她还趴在地板上来回嗅。

“喂，你什么时候变成小狗了？”

“嗯——”

夕子站起来拍了拍手，若有所思地点了点头。

“有何高见？”

“真干净啊。”

“什么？”

“刚才碎掉的玻璃。不仅地板上没有一点碎屑，就连刚才坏掉的窗户上也没有残留碎片。”

“那位夫人，真是勤勉。”

“你真是幸运啊。”听夕子的语气，与其说是羡慕，倒不如说是有些轻蔑。

“你到底想说什么？”

“我是想说，处理得这么干净是需要花费时间的。”

“也就是说……”

“也就是说五分钟十分钟是处理不完的。但是，那位夫人是什么时候做的这些工作呢？”

“嗯？”

“我们两个从追出去到回到屋里最多也就五六分钟的时间，回来后就马上吃饭，那位夫人也一起。而且我们回来之后，这里已经收拾完毕了。”

我心里也很狐疑。

“哥哥已经回来了。”崛谷兼二郎回来之后笑着告诉我们，“听说你们在我这里，他很生气，说是要来接你们。”

上午的天气很暖和，但是，此时我感觉头上有一团乌云笼罩着。出了玄关，就看到另外一辆车在等着我们。这辆车和那辆三手车除了都是四个轮子，没有任何其他的共同点。这辆车十分豪华。

“请上车。”司机面无表情地帮我们打开车门，夕子先上了车，我跟送我们的崛谷兼二郎道别，就要上车时，我看到克子夫人急急忙忙从玄关处赶了过来，她一边走一边说：“请等一下，您忘了您的火柴盒了。”说着把一个我并不记得的火柴盒塞到了我的手里。

“不，这……”

我刚想说什么就被打断了。

“是我们照顾不周，不好意思。”

克子夫人说完这句话就又迅速回到了屋里。

“——真是奇怪。”

车子很平稳地发动了，我小声嘟囔了一句：“这不是我的呀——”

“啊，这不是你今天早上带着的吗？真是健忘啊。”

夕子很夸张地说，我立刻会意说：“啊，是啊，我真是糊涂啊。”然后努力挤出一个微笑。因为司机在听着我们的谈话。

我悄悄地观察手里的火柴盒——好像是某个咖啡店的赠品。在边白部分，有用圆珠笔写的字迹：“今晚请在大哥家留宿。”

我悄悄地把火柴盒递给夕子。夕子迅速地看了一眼之后，就望向窗外，并且问道：“请问很远吗？”

听夕子这样问，司机微微一转头，回答道：“倒不是因为路程远，而是这辆车太大，不得不绕出树林行驶。”

车子就这样左拐右拐了大概十五分钟，突然间视野开阔起来，车子停了下来。

“这太不可思议了。”车子一停下来，我惊讶得脱口而出。

眼前的景象很是让人奇怪。暮色下的天空，线条昏暗的二层建筑还是我们刚才出来时的样子。有一瞬间，我竟然觉得我们兜兜转转又回到了原来的地方。但是，我仔细一看又发现这里的窗户上挂着明亮的窗帘，玄关处的门也是新的，整幢建筑看起来更有生气。

“原来如此啊。”夕子有些茫然地说，“就连住的房子也是双胞胎呀。”

“好了，坐吧。”崛谷兼一郎说，“兼二郎那家伙竟然也向警察求救，亏他做得出来。”

我们又坐在了客厅里。屋内的摆设也和前一家完全相同，只是这里的客厅布置得更加豪华，地板上铺着虎皮，沙发也更加有弹性。

“要喝点什么吗？”

比起第一次在酒店大厅里见面，崛谷兼一郎更加稳重一些了。

“白兰地怎么样？”

“嗯，谢谢。”

“可以的话——”说着他看了看夕子，“夫人也请吧。”

就因为这一句话，我对他的印象有所改观。

“不好意思，打扰了你休息。因为平时我也比较忙，不知不觉就忽略了别人方不方便。请原谅。”

“这也是我分内的事。”我脸上甚至露出了笑容。

“从我弟弟家到我这里一定很吃惊吧。”崛谷兼一郎笑容满面地问道。不是对我，而是冲着夕子。

“是啊，就连房子都像是双胞胎。”

“我父亲总是把公平作为对待我们兄弟俩的最大原则。在我们还是孩童时，他就建造了两处这样的房子。我和弟弟读的也是同一所学校。除了与生俱来的性格，我们两个没有什么不一样。”

他边说边叹气：“那家伙大学时代就退了学，开始游戏人生。虽然我也劝过他好几次，但是他就是听不进去。父亲去世的时候，他却一下子成了共同经营人。”

“关于这一点，您弟弟已经跟我们说了。”

“是吗？他是怎么说的？他一定是说我被夺去了美妻，存心赤字经营，报复他吧……”

“那事实又是怎样的呢？”

“不让他凭借股份得到分红这一点是事实。”

“你弟弟因此也陷入了困境，是吗？”

“应该是这样吧。就说这间客厅吧，那边的情况更加凄惨一些吧。”

“是啊。”

“以前那边的客厅也是有很多美术作品做装饰的。那家伙很喜欢绘画。”

“那，现在是卖掉了吗？”

“是吃不起饭了吧。”

“虽然这么做显得我很冷血。”崛谷兼一郎一边说，一边盯着夕子看。——不知道为什么我会被他这样无视。

“听我说，夫人。你和你丈夫如果都不工作，凭借分红浪荡度日，情况会怎么样呢？——虽然这个人是个警官。”

我一点都不觉得这个笑话好笑。

“分红这种东西，并不是时时刻刻都能有保证的。社会经济这样不景气，不知道什么时候公司就倒闭了。到那时候，那家伙既没有技术也没有工作的意志，如果我弟弟一辈子这样下去也就罢了，我说的是如果他一个人的话，但是，他现在结婚了呀！”

崛谷兼一郎一脸痛苦地摇了摇头：“以前我确实喜欢那个女人，被弟弟夺爱之后我也很生气。但是，我不会总是抓住这件事不放。但是，他结婚之后也应该负起责任来了，给妻子安稳富足的生活，这样才是男人嘛。可是那家伙依旧我行我素，整日在家游手好闲，所以我才下决心迫使他身无分文的。我想这样能激起他工作的愿望吧。谁知道那家伙采取了更加极端的手段……”

“您的意思是说您弟弟是不识好歹，狗咬吕洞宾了？”

“至少我是为他着想的。”

我终于在俩人之间插上了话。

“那么，你说你弟弟要杀了你，他有什么具体的做法吗？”

“当然，比如说——”

崛谷兼一郎刚要说下去，这时，客厅窗户上的玻璃伴随着一声轰鸣就破碎了。

3

“这对兄弟真是莫名其妙。”

我一边上楼一边说，还打了个大大的哈欠。

“哈哈，你的嘴真大。”

“不要讽刺人了。十点了吗？”

“天才刚刚黑下来，不过我确实也有些困了。可能是红酒喝多了吧。”

结果，晚上我们被崛谷兼一郎留宿在他家二楼的客房里。

晚饭实在是很丰盛，很多我听都没听说过的菜被一道一道端上来，结果我吃得很饱。如果被称为“大胃王”的原田警官在的话，他一定会很高兴吧。

但是，尽管晚饭、红酒，甚至连吃饭用的器皿都很高级，但是这顿饭吃起来并不那么美味。可能是因为没有女主人的缘故吧。虽然崛谷兼一郎什么都没说，但是，可以看出来，喜欢的人被夺走之后，他好像打算要一直单身。

他的府邸里，算上做饭的厨娘，大概有三四个佣人。总之，作为主人的崛谷兼一郎一改白天那种讨人厌的态度，跟我们讲了很多业界的内情。

“双方同一地方的窗户都被打碎了，这也太巧了吧？”我边上楼边说，“好了，我们要住的是哪一间呢？”

“从右边数第三间，看，门上还插着钥匙呢。就是那间。——其实子弹打在同一块玻璃上，要说是崛谷兼二郎的报复也不是不能理解。被袭击了就想办法予以回击，所以他才故意袭击同一处窗户的吧。”

“是吗？但是，这对兄弟所说的理由，你怎么看？——门锁不是开着的吗？”

我们进入房间。灯是开着的，房间足有十张榻榻米那么大，还放着一张古色古香的双人床。

“哇，好大的双人床。”

夕子兴奋地提高了声音，在床上滚来滚去。

“我一直想睡这样的双人床。”

“唉唉，我说，你到底是来干什么的？”我也坐到床上说，“到底会发生什么事呢？”

“应该会有命案，对吧。”

我不由得看向夕子：“你是说真的吗？”

“不是说过了吗？这件事一定有什么隐情。我们现在看到的只是冰山一角……那位夫人的留言，还有，明明家里没有用人，她怎么会那么快就把碎玻璃收拾干净了呢？”

“不知道。”

“你根本就没有想嘛。”夕子很严厉地批评我。

“什么呀，一旦事件发生，我就一定找出犯人。”

“如果真的发生杀人事件，你觉得谁会被杀呢？”

“不知道，不过我觉得弟弟的话不太可信。对于没有工作、游手好闲的人来说，贫穷的生活想想都会让他们觉得害怕。为了不至于陷入这样的困境，他们可能就会选择杀人。”

“警察都有一个坏毛病，那就是无条件地信任有社会地位的人。”

“那你是怎么认为的呢？”

夕子就这样躺在床上，摇了摇头：

“我不知道，我总觉得会发生什么意想不到的事。”

我“嗯”的一声翻了翻身。刚做完这个动作，我就感觉肚子被踹了一脚，我大叫一声坐了起来。

“好疼。”

“唉？……怎么了？”

夕子睡眼蒙眬地抬起头。

“就是刚才你踢我了呀。”

“哦，是吗？对不起。我在睡梦中作案，不会被追究刑事责任，对吧。”

“大早上的，我感觉我的肋骨要断那么两三根。”

暗淡的光线中，我摸到旁边桌子上的手表仔细看了看。

“……两点……四十分……”

“啊——还没睡够呢，我还要睡觉，都怪某人叫得那么大声。”

“还没睡醒吗？”说着我的呼吸急促起来，慢慢地向夕子靠近。

“不行，还在工作期间。”

“但是，人家好不容易把我们当做夫妻安排在一个房间……”

“如果是在那位弟弟家里，他们会不会认为我们是父女关系就把我安排在婴儿床上呢？”

“怎么会！”

夕子用手点了一下我的鼻子说：“如果只是接吻的话倒是无所谓的。”

听她这么说我便不再犹豫，立刻温柔地附上她的唇……

“——怎么回事，什么味道？”夕子说。

“有味道？”

“晚饭没有吃大蒜吧？”

“又不是吃饺子……”

这么一说，我突然明白过来，反射性地看向门口。虽然光线黑暗，但是我可以看到门口处有青色的烟雾飘过来。

“着火了！”

我立刻跳下床，打开门。走廊里已经满是青烟。

“快跑，拿上衣服！”

我大叫一声。夕子也没有犹豫，穿着睡衣，把衣服胡乱一卷就夹在腋下跑了出来。

“着火的源头在哪儿？”

“不知道。但是，这是木质结构的房屋，很快就会被烧掉。”

我们俩人夹好衣服下楼时，正好遇上白天带我们过来的司机。

“太好了，你们起来了。”

“其他人呢？”

“已经出去了。快，跟我来！”

“火势怎么样了？”

“客厅已经不能待了。”

一楼到处滚滚浓烟。我们弯下身子，咳嗽着出了门。

“喂，你们没事吧。”

穿着睡袍的崛谷兼一郎赶过来问我们。

“对不起，让你们遭遇这样的事。”

“我们没事。”

站在外面冻得我直发抖，我慌忙穿上衣服：“向消防署那边求救了吗？”

“现在，佣人正开车向那边赶……”

“没有打电话吗？”

“电话打不通。”

我和夕子不约而同地看了看对方。

“没有消防设备吗？”

“只有灭火器……”

崛谷兼一郎摇了摇头，无奈地说。

整幢建筑的一半已经深陷在火海之中，而且火越来越大，热气扑面，我们连连后退。

“什么都没来得及抢救出来。”

“怎么会突然起火呢？”

“不知道。客厅里是不应该有火种的。”

他的言外之意我完全明白。这是他的弟弟崛谷兼二郎放的火吗？而且，电话线也断了……

“里面也没有什么贵重的东西，只要没有性命之忧，别的东西都是身外之物。”

这位实业家十分想得开，他还开起了玩笑：“就是可能会感冒。”

“老爷。”司机走过来说，“我送您去酒店吧。”

“再等等。这是我已经住习惯了的家，等到它烧完也用不了多少时间。”

第一次，我听出了他话里的落寞。这时，夕子突然大声说：“那是怎么回事？”

我们向夕子手指的方向望去，只见漆黑的树林对面，有什么明亮的东西在发着光。

“不好了！”发出叫声的是崛谷兼一郎，“那里是我弟弟的家，他的房子也着火了。”

“什么？怎么会这样……”

我不由得脱口而出。双胞胎的家都着火了。两家都是。怎么会发生这样的事?

突然间,崛谷兼一郎冲了出去。他飞奔到树林中,马上就不见了。

“等等!”

我一边叫着一边追过去,我知道夕子也跟在我后面。在黑暗的树林中,我们跌跌撞撞地前进。透过树与树之间的缝隙,时而跨过树丛,我们时而拨开树枝,拼命地朝有着光亮的地方跑去。

实际上,要是直接穿过树林,两家的距离并不遥远。但是,在黑暗中穿行很费力气,因为树枝不是刮破手就是挂住衣服。当我们到达房子前面的时候,房子已经被烈焰包围了。

“太严重了。”

夕子好不容易才穿一次的裙子也被挂烂了,她问我:“兼一郎先生呢?”

“不知道,他在哪儿呢?”

这时,玄关的门开了,克子夫人从里面走了出来。她只穿了一件睡袍和一件薄薄的对襟开衫。

“夫人,您没事吧?”

夫人看到我们,慌忙说:“我丈夫……我丈夫还在里面——”

“在哪儿?”

“您大哥已经进去救他了……”

“在哪儿?”

“在卧室,二楼的——”

我向玄关处跑去。热气扑面而来。我深吸了一口气就冲了进去，眼前是一堵火墙。不断地有燃烧的木头掉落下来，我抬头一看，被火包围的房顶一下子掉了下来。吾命休矣，我想。——该死，无由地，我的心里又燃起了希望——还有两天就发年终奖了呀。

终于迎来了黎明。透彻心底的冷。已经完全烧成灰的崛谷兼二郎的家，现在成了一片废墟，上面还冒着白烟。个别地方的火还恋恋不舍地吐着火舌。看到这些，终于赶过来的消防人员立刻跑过去灭掉余火。好惨的场景。

“你的脸分辨率好低呀，好像黑炭。”

夕子一边看着我的脸，一边笑。

“反正长得就不好看。”

“这倒是实话。——但是，你真是个笨蛋，就那样不顾后果地冲了进去，亏你还是当警察的。”

“不知不觉就这样做了。要不是你拉我回来，我可能已经葬身火海了。”

“别开玩笑了。”

夕子真的生气了：“如果你死了，你知道我有多伤心吗？”

我心里一下子暖了。我抱住了夕子的肩膀。

“冷不冷？”

“没事。”夕子笑了。

一个小时前，救护车把崛谷兼一郎带走了。但是弟弟崛谷兼二郎还没有找到……克子夫人像梦游一样，痴痴地走着。

“夫人……”

“找到您先生了吗？”

“可能……”

“但是，现在还很难辨认吧。”

“夫人，火到底是怎么着起来的呀？”

克子夫人茫然地摇摇头。

“我不知道，发现的时候已经满屋子的烟了。”

“您先生当时和您一起吗？”

“没有，他当时说还有事要处理，让我先走。我下楼的时候，碰到大哥冲了进来。听到我说我丈夫还在二楼，他就急忙上了楼……”

“血浓于水嘛。”

“真的是这样，希望大哥的伤势没什么大碍……”

“刚才医生说，他只是脸上和手上有一些烧伤，没有生命危险。”

“是吗？那就好……”

克子夫人稍稍松了一口气，点了点头。

“双胞胎的家……”夫人走后，我说，“事情到底会怎么样呢？还能发生这样的事？！就算是双胞胎兄弟，但是连房子也一起着火真让人想不通……”

“当然，这并不是自然火灾。”

“是有人故意纵火吗？”

“是。问题是……是谁向谁纵火……”

“这算什么？”

“我感觉，这一定是有计划性的行动。虽然同一个位置的玻璃被打碎，两栋房子同时着火，但是，从结果来看怎么样？怎么样呢？一个人死了，另一个人幸存了下来。是不是？”

“这么说，你认为是崛谷兼一郎杀了自己的弟弟？”

“或者刚好相反。”

“什么？”

“被救出的人的脸已经被烧伤了，弟弟在混乱之中杀了哥哥，然后换上衣服……”

“怎么会？！”

“但是，脸都用绷带包上了，我们能分辨出来吗？”

“认识他们的人太多了，这样能在所有人的眼皮底下蒙混过关吗？”

“是吗……”

夕子陷入了深思。

外面更加寒冷了，东方露出了鱼肚白。

“是吗？真是险象环生呢。”

听我做完汇报，本间警视只说了句勉励的话。他一面看着资料，头都没有抬一下。

我脸上挂着感激的微笑回到了座位上，原田警官就一脸奸笑地靠了过来。

“宇野警部，听说昨天晚上你很英勇？”

这家伙的话更有人情味一些，真是的。

“是啊，危险到差点丢了命。”

“但是，味道怎么样？”

“什么味道？”

“是小腊肠，还是法兰克福香肠？那家伙给你们做的。”

“什么意思？”

“我听说了，做香肠的地方着火了。”

“啊，香肠？——你是说双胞胎的家啊？”

“因为那是做香肠的地方，你没有顺便吃点吗？”

我根本没有心思跟他解释。这时，桌上的电话响了。

“是的，我是宇野。啊——你说什么？”

我叹了一口气，放下了话筒。刚放下，电话又响了。

“你好。”

“早！”

这次是夕子：“你没有话要对你的救命恩人说吗？”

“刚接到消息，从昨天的废墟中挖出了尸体。虽然还没有明确的结论……但是，验尸结果表明那人并不是被烧死的。”

“那——”

“胸口处有刀痕，在附近也找到了刀子。”

我叹了一口气：“看来被你说中了，真是杀人事件。”

走进崛谷兼一郎的病房，我和夕子见到了意想不到的人。

“啊……”

“夫人，您没事吧？”

克子大人，现在应该说是遗孀，从椅子上站了起来。“感谢您昨天对我的照顾。”说着她低下了头。

“别客气，您先生的事真是令人同情。”

“我有心理准备。”

“您事先知道吗？那……”

“您是说，我丈夫不是被烧死的这件事吧。——是的，我听说了。所以我才想借着探病的机会，过来问问大哥。”

躺在床上的崛谷兼一郎看了看我，抬了抬包着绷带的手。

“感觉怎么样？”

“没什么大碍。但是，暂时是下不了床了。”

他用含混不清的声音回答道。他全身都被严严实实地包了起来，只露出两只眼睛。这个男人到底是不是崛谷兼一郎呢？事情是不是像夕子推测的那样，弟弟杀了哥哥取而代之？不会吧……

“其实我们今天来是想了解一下昨天的事情。你弟弟是被刺杀的，你进去之后发生什么事了？”

“我也不是十分清楚……”他颤颤巍巍地回答道，“我冲进卧室的时候，他手里拿着刀子站在那里。我问他你在干什么，他大叫着说你别管我，你要再不逃走就来不及了。这都是他自找的……”

“他自找的？”

“是的，他是这样说的。我想冲过去救他的时候，他把刀刺向了自己……”

“这么说他是自杀？”

“这一幕就是在我眼前发生的，我自己当时也惊呆了。当我回过神来的时候，火已经围了上来，看到已经无路可退，我一咬牙就从窗户上跳了下来——就这样我昏迷了过去，醒来就在床上了。我能说的就只有这些了。”

“原来如此。但是，您弟弟为什么要自杀呢？”

“这件事请让我来解释。”

克子夫人用低沉但是很清楚的声音说道：“因为，我丈夫向大哥家纵火了。”

“这是您丈夫亲口向您承认的吗？”

“昨天我注意到我丈夫有些不正常，虽然外人看来没有什么不平常，但是我明白——因为这段时间，他好像总是在思考着什么，所以我就很留意他的一举一动。因此我才请您留宿在大哥家，并以那样的方式告诉您。”

克子夫人稍微停顿了一会儿，接着又说：“昨天晚上我迷迷糊糊地醒来，正好看到我丈夫走了进来。他脸色苍白，眼睛里都是血丝，好像出了什么事一样。我问他怎么了，他一边抱住头一边说自己做了无法挽回的事。我反复问他，才知道他向大哥家纵火了。我吃了一惊，赶快下楼，冲到外面才发现，远处已经火光冲天。我通知了消防队，回到家里的时候我看到我丈夫从客厅里走出来。这时候，客厅已经着火了。他还说‘双胞胎的家只要有一边烧了起来，另一边也必须烧起来。说着他像没有听到我的呼喊声似的径直上了二楼。火越来越大，我想把他从火里救出来，就上了二楼。但是他把我从卧室推了出来，然后紧紧关上门。我想下楼求救，刚好碰到了赶来的大哥。”

“他是因为憎恨才向我家放火。但是，真的放火之后，他发现自己做了这样无法挽回的事，感到害怕了吧。”

崛谷兼一郎像是在自言自语：“那家伙本来很胆小，很软弱，看到那么大的火一定是吓坏了。他可能是不知道怎么办好了。”

“原来如此……”我点了点头，“夫人，您丈夫持刀这件事您知道吗？”

“听说他上学的时候去爬过山，所以他可能有一把登山用的刀。”

“我明白了。今天的谈话我会写在供述书上面，并加以确认。请您保重。”

“多谢。”

崛谷兼一郎这样说道。看到夕子站在门口，他又说了一句：“啊，夫人，昨天让你受惊了。”

“看来也没有什么可疑的地方。”

从医院出来，我说：“还是称你为‘夫人’，他应该就是崛谷兼一郎。”

“嗯……”

夕子的表情看起来总有那么一丝不痛快。

“你觉得哪里不对劲吗？”

“窗户。”

“窗户？是坏掉的那块吗？”

“是啊，你不觉得奇怪吗？为什么一定要用散弹枪打碎呢？”

“是有些让人不能理解。”

夕子摇了摇头。

“我总觉得有什么问题，不知道这里还有多少我们不知道的事情呢。”

“嗯，你想太多了吧。现实世界中没有那么多离奇的事件，还是能用常理解释的事情多一些。需要你这种名侦探的时候还真是不多——喂，你要去哪儿？”

“我说，我们再去看看吧。”

“还去昨天去过的地方？为什么？”

“有件事我想查清楚。帮我准备一辆巡逻车。”

“你说得轻巧，又不是出租车。”

哎呀，哎呀。我叹了一口气。这丫头把自己当成警视总监了吗？

“十分钟。”夕子看了看手表说，“我的意思是，不管车走得多慢，从一家到另一家用十分钟足够了，但是昨天我们花的时间甚至超过了十五分钟……”

“可能是饶太远儿了吧。”

“为什么？一定有什么原因，对吧。”

我们在崛谷兼一郎家的废墟旁停下了巡逻警车。今天夕子还是一如既往地轻便装束，她在烧过的房子面前走来走去。

这时，突然一声枪响，我们吓了一跳，向四周一看，一个穿皮夹克的男人正要逃走。

“站住！”

我大喊一声追了过去。对方竟然乖乖停下了。那是个年轻的男孩子，他说他就住在附近，看到附近没有人，便来练习射击。知道我是警察后，便立刻向我道歉。

“还有人在这种地方练习射击吗？”我教训他说。

“不好意思……”

“我说，等一下。”夕子插嘴了，“昨天，你确实把这家的窗户玻璃打碎了？”

年轻人支支吾吾地回答说：“啊……是的……”

我又想开口教育他，被夕子制止了。

“果然是这样。那么，是哪家？是这家吗？还是昨天另一处着火的房子？”

“是这家，不是没有人受伤吗？”

“嗯，是的。”

我收了年轻人的枪，告诉他要去警察那里投案，之后便让他走了。

年轻人走后，我说：“这不是很奇怪吗？这里明明是兼一郎的家呀。——这么说，后来这次窗户被打碎是偶然事故，不是蓄意为之了？”

“等等，我明白了。没错，后来的那次确实是事故。如果真是这样的话——”

夕子的眼里闪着光，好像她有什么预感。每次看到她这样，我就知道又会有好事。

“我说，亲爱的，我想你让做一件事……”

看吧，我就知道。

进入病房之后，克子问躺在床上的崛谷兼一郎：“感觉怎么样？”

绷带下面发出一个声音：“嗯。”算是回答过了。

克子从袋子里拿出水果，放在桌子上，她说：“看来事情进行得很顺利，警察也没有怀疑什么。再等一段时间，我们就能一起生活了。”

“嗯……”

“但是，我们临时雇佣的那些人，我自己决定给他们的报酬数额，可以吧？”

“嗯。”

“给得太多或者太少都不太好，这样的话，他们日后就会敲诈我们。虽然计划有些仓促，但还是进行得很顺利的，不是吗？”

克子的脸上露出了会心的笑：“虽然你经历了危险，但是，这辈子我们都可以以自己喜欢的方式生活下去了。”

“那要等到从监狱出来之后了。”

克子尖叫起来，睁大眼睛看着床上包着绷带的男人。

“你……是谁？”

“你好啊，夫人。”

我一边拆绷带一边说：“崛谷兼一郎已经被转移到另一个房间了。”

“明明是兄弟之间的争斗，为什么要向警察求救呢？从这一点上我就觉得有些不正常。”

夕子一边吃意面，一边平静地说：“一般情况下，这样的事大家都不喜欢警察掺和进来。那么他们这么做的目的是什么呢？仔细考虑的话，会发现他们需要一个目击证人。说到证人，还有比警察更合适的吗？”

“这倒是。”

“幸存下来的确实是哥哥崛谷兼一郎。在杀害崛谷兼二郎这件事上，兼一郎和克子本来就是同谋。”

“通过询问有关当事人，我发现这确实是一件十分有意思的案子。崛谷兼一郎确实有很多头衔，但是，其实是弟弟更加有商业头脑。兼一郎在经营公司的时候总是询问弟弟的意见。但是，弟弟对名誉和财富不感兴趣，不要求有任何头衔，就这样一直逍遥自在地生活着。这是不亚于他父亲的商业奇才呀。赤字经营什么的简直就是胡说八道，他们公司的经营状况确实一度受到石油危机的影响，但是，现在已经好转了。”

“但是，对于哥哥来说这是不能容忍的。同时，兼二郎的妻子也开始憧憬崛谷兼一郎奢华的生活。所以两个人才一起合谋，杀了兼二郎。”

“那这个计划是怎么进行的？我还是一头雾水。”

“兄弟俩是双胞胎，住处离得非常近，连房子都一样。这个计划就是从这两点开始入手的。说得直白一点，兄弟吵架什么的，根本就不存在。”

“这么说，弟弟的话应该怎么解释呢？”

“崛谷兼二郎这个人，我们其实一次都没见过。”

“你说什么？”我脱口而出。

“还不明白吗？所有这些都是崛谷兼一郎自编自演的呀。打电话的人、在酒店里出现的人都是崛谷兼一郎。你仔细想一想，我们是不是一次都没有见过兄弟俩同时出现？戴上假发，嘴里含一点海绵，弟弟的形象就出来了。然后他开始向我们讲述兄弟之争的种种情况。”

“但是，那个房子……”

“连房子也是这种情况。”

“怎么说？”

“我们最初去的崛谷兼二郎家和后来乘车去的崛谷兼一郎家，其实都是崛谷兼一郎的家。”

我哑然。

“——别开玩笑了。玄关处的门，装饰都不一样啊……”

“就算是双胞胎的家，也不可能那么像的。首先，他假扮崛谷兼二郎来招待我们，然后让车子带我们在林子里转，最后又回到原处。为什么花费了十五分钟？现在你明白了吧——是为了改变房间的装饰和门口，这是需要花费的最少的时间了。”

“真是让人吃惊！”

“然后他再变回崛谷兼一郎，和我们一起吃饭，让我们留宿。夜里，他首先去真实的弟弟家杀了弟弟并纵火，再回来烧掉自己的房子，然后在我们的面前跑到弟弟的家，弟弟自杀的理由就成立了。证人不是别人正是我们。房子已经烧掉了，即使两家的房子没有那么相似，也不会有人发现这一点了。”

“我们被骗了啊。”

“崛谷兼一郎家里的佣人绝不是一般人。想要在十五分钟之内改变房子原来的样子，他们一定要先给真正的用人放假，再去雇佣其他的人，而且绝不只是一两个人那么简单。”

“但是，你是什么时候发现这些的？”

“上次打碎的窗户玻璃给了我提示，那也是一个圈套，而且，那个年轻人不是也说了吗，他击中的就是崛谷兼一郎家的玻璃。那么后来碎掉的玻璃就是事故了。但是，同一处的玻璃都因为事故被打碎，这也太巧了吧。所以，我想，兼二郎的家其实就是兼一郎的家。”

“但是为什么要打碎两次呢？”

“最初打碎的那一次是我们在吃午饭的时候，藏起来的用人把玻璃都打扫了，并且在十五分钟之内又换上了新的玻璃。如果就那样搁置不管，那幢建筑就会被看出来是同一间房子。但是，如果换上新的，我们就会形成更加干净的印象。所以，兼一郎就命令他的佣人再次打碎了玻璃。”

“原来如此。完全被骗了啊。”

“虽然这是一个很完美的计划，可是现在想一想，弟弟也没能想到自己会被杀吧。克子和兼一郎把什么都计算好了，甚至让警察对他们深信不疑……崛谷兼一郎一定做过演员吧？整件事的安排，以及两个人的演技都无懈可击，真是了不起。但是，可惜呀，我的头脑更聪明一些。”

夕子得意地说。

“好了，我们回警局吧，向本间警视作报告。但是该怎么向他解释才好呢？中途竟然出了这样的事。”

“我明明简单明了地向你解释过一遍了呀。”

“您那叫‘简单明了’？”

“是啊，比起爱因斯坦的相对论，简单多了吧。”

“哎呀，哎呀！”

“我除了侦探学、物理学，数学也很厉害的，我来帮你算一下吧。”

“计算什么？”

“今天就发的年终奖呀。”

夕子用锐利的眼光看着我说：“今天晚上你要请客。”

“嗯，那个……我要出个差……傍晚就走。”

“啊？那今天晚上呢？”

“现在就是在请你吃午饭，就这样吧。”

感觉到身后传来的危险气息，我迅速闪人！

三

狮子在睡觉

ライオンは寝ている

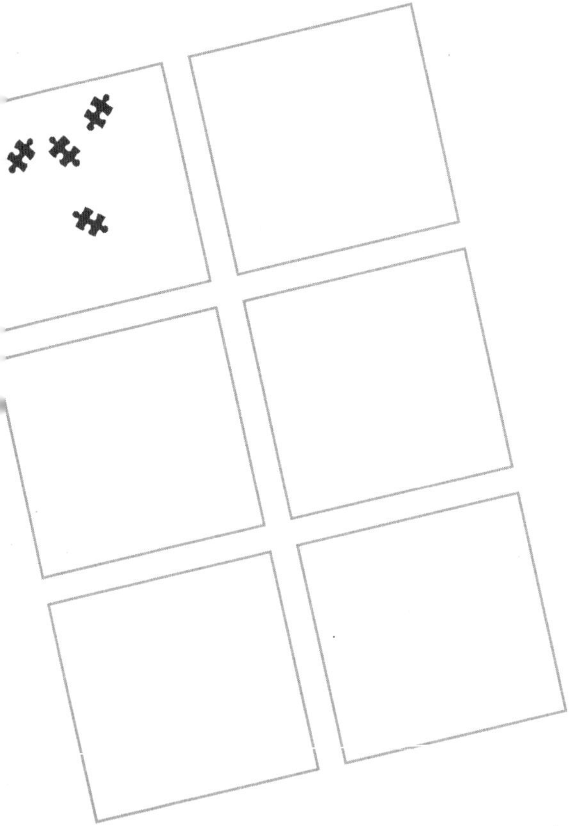

1

“这一带，都是山啊。”

我满腹感慨。

“这里一定就是所谓的建壳山吧。”

夕子一脸认真地点点头：“我们现在看到的小河叫做下水川，那片树林叫做电柱林。”

由于从市中心出发大约两个多小时的路程之外的地方都被开发成了住宅区，可怜的上班族每天不得不披星戴月地上下班。由于距离车站很远，公交车又少，人们上下班不得不骑自行车，在星空下骑自行车这样的事儿，简直是无限悲戚。

“我们也在这一带建个新家吧。”

“那在此之前我们必须要结婚。”

“啊，是这样吗？先同居有什么不好？还是说，你们有搜查一课的警部不可以未婚同居的规定？”

“那，那……”

“嗯，也是。”

说着，夕子笑了笑。哎呀……她总是这样！我刚以为她是认真的，她就岔开话题。但是，我已经四十岁了……夕子还是一个年轻的大学生。再过个四五年，我就老了，不中用了。

“我可不要老头子。”说不定夕子就会这样想，然后从我身边逃开。

“你在想什么？”

被夕子这样一问，我慌忙摇头。

“没有，没什么。”

“你累了吗？我们休息一会儿吧。”

“你胡说什么呢！”我很生气地说，“我还能走很远呢。”

“你这年龄，能这样已经很不容易了。”

我的心碎得像玻璃渣一样。夕子一脸无所谓的样子说：“应该快到了吧。”——这一天，春光明媚，惠风和煦，我陪着夕子走在去往山里新开发的住宅区的路上。越走越热，我脱下了外套。夕子也穿着春装，上身是淡粉色的毛衣，下身是牛仔裤，背着一个大大的肩包。

“就是在这条路上吧。”

“应该是红黄色屋顶的那间吧。”

我顺着她手指的方向望过去，在树林的边缘看到了非常整齐的一片房屋。

“看起来好大。”

“是啊，再怎么说也是这一带的大地主嘛。”

“大公司的董事都是这样。”

“你不也是犯罪董事吗？”夕子一边笑一边说。

夕子来时问我要不要兼职做保镖，我回答说，虽然警察也有休息的时候，但是怎么可能去做人家的保镖呢？仔细一问我才知道，原来这也没什么。她的大概意思就是一家人要去旅行，需要有人留下来看房子。了解了情况之后，我就答应了。

我们的目标是一个叫鲛岛浩一郎的人的府邸，夕子是他的孩子的家庭教师。虽说是家庭教师，但是因为他家住得这么远，那个叫教浩的中学生每次都是从市中心的私立中学到夕子的大学去上课，也就是说，夕子这是第一次到鲛岛家。

“你是警视厅非常有手腕的警部，但是，到了那里不要一直说个不停啊。”

“我什么时候说个不停了？”我反驳。

“很多时候。”夕子又让我无语了。

“到了，真是豪宅呀。”

这真是一座让人不敢奢望的大宅子——高墙耸立，里面的空间非常大——跟我住的六张榻榻米大的宿舍完全不一样，当然，我知道二者也没有可比性。

“围墙真高呀。”

“周围都是树林，这是有意为之吧。”

在气派的大门前，我们按响了门铃。对讲话筒里传来银铃般温柔的女性声音：“请问您是哪位？”

“我是永井夕子。”

“我已恭候多时了，现在就给您开门。”

这道门是铁门，就像水坝的闸门一样结实，上面还有很多突起，就像关塞的入口一样。有这样强大的防护能力，这座宅子就是没有人留下来看守也没有问题吧……

在等门开的过程中，背后林中传来机器的轰鸣声和金属的碰撞声。我回头一看，原来是挖土机在挖树根，动力铲强健的臂腕把土铲平，然后挖走。开发浪潮一波接一波，已经蔓延到这么高的山上了。

伴随着马达低缓的声音和金属的碰撞声，门被缓缓地打开了。

“这真是气派的宅邸呀！”

在宽敞得类似于高级公寓的接待室里，我一边喝着红茶一边说。

“正因为宅子太大，所以打扫和管理十分不容易。”

不用对讲机，英子夫人的声音听起来有些清冷，她微笑着说道：“虽然平时都有两个左右的佣人在这里料理家务，但是这里长时间没有人居住……现在一个人也没有了。给您添这样的麻烦，实在是对不起。”

“别客气，能帮上您的忙就好了。”

不知道英子夫人是不是已经准备好要去旅行了，穿着紫罗兰色套装的她是个清瘦的美人，但是脸上总是流露出有些寂寞的神色。

“您要去哪里旅行？”

夕子问。

“我们在南伊豆有一栋别墅，因为丈夫总是很忙，基本上没有住过，这次好不容易有三天连休的时间，我们一家三口要好好玩玩。”

“真是不错啊。”

“什么时候出发呢？”

听我这样问，英子夫人看了一下门口的方向。

“车也该开过来了……大家是不是还在准备什么呢？”她困惑地说。

“那我们这三天就待在这里吧，有没有什么需要注意的呢？”

“啊，没有，你随意就是了。我们每天晚上都会打电话过来，如果有电话或者来客的话，您到时候传达给我就可以。”

“我明白了。我会问清楚的。还有其他的事吗？比如说，给花浇水什么的？”

“啊，对了，还有一件很重要的事，我想拜托您给小点儿喂食。”

“啊，教浩一直为它感到很自豪呢，他总是说：‘我们家的小点儿是世界上最好的狗。’”

“我来告诉您怎么喂，这边请。”

英子夫人站起来，出了接待室，我们也跟着出来了。从接待室可以看到外面有着广阔草坪的庭院，还有一条长廊一直通到庭院的另一边。

“不在院子里吗？”

“是的，在后院。这里就像是小点儿专用的院子一样……”

“哦。”

我有些惊讶。给狗专用的院子！要知道，还有很多人甚至都没有自己的院子啊！

通过狭窄的走廊，下了台阶，前面有一个放着三台大冰箱的小屋。

“这里面放着已经分好的每次要喂的量，您按时喂就可以了。”

“我知道了。”

“要去院子里的话，这边请……”

出了小屋，英子夫人又打开了一扇很结实的门，终于到了“博奇的院子”。

“这是院子吗！”

我不禁提高了声音，另一边的院子已经很大了，但是这边的院子更是大得让人无法接受。而且，院子里面还保留了原来的自然状态，杂树林也留了下来，还有树桩堆成的台阶和旧的轮胎。

“院子造成这种风格是为了小点儿好。”英子夫人很淡定地说，“它现在在哪儿呢？博奇，博奇！”英子夫人喊了几声，然后一个脑袋就从树丛里弹出来了，怎么看它都不像是一只狗。

“呀，老师，您来了。”

“教浩，你怎么还在这里，还不快去准备？”英子夫人说，“我们马上就要出发了。”

这个少年给人一种很奢华的感觉。他的容貌长得像母亲，是个美少年。但是，最近的小鬼——不，是小孩，长得比我还高，和他的那张娃娃脸，显得非常不协调。

“呀，教浩君。”

夕子也很大声地喊着他的名字。

“这位是您的叔叔吗？”

对对对，我竟然忘了拒绝。像上次一样，我和夕子又被当成了叔侄。如果澄清这一层关系，说我们是“恋人”的话，现在的中学生可能也不会吃惊，但是，这可能会吓到他的父母。

“是的。这是宇野警部，号称是警视厅搜查一课的魔鬼警部哦。”

“唉，好酷啊，但是——”

他看看我又看看夕子说：“你们两位长得一点都不像。”

可能是实在找不出褒奖我的话，英子夫人便打圆场说：“教浩，小点儿呢？要让它和老师熟悉一下。”

“嗯，它应该在那边。有陌生人进来，它就会很害羞。”

少年冲着林子那边喊了几声：“小点儿，小点儿。”树丛中传来沙沙的声音，接着我们就看到了“小点儿”的身影。

“你到底想怎么样？”

听我这样问，夕子反驳道：“现在说这些也没有用啊，拒绝也来不及了呀。”

“但是，这不是乱来吗？二大啊。”

“向我抱怨也没有用啊。我之前也不知道小点儿竟然是一头狮子呀。”

接待室里剩下正在叹气的我们。

想到刚才见到它时的情形，我的感受真是无以言表。从茂密的丛林中，嗖的一声，一只炸毛的狮子突然出现在我们面前，我和夕子当时都想拔腿就跑。之所以站在那没动，与其说是怕在英子夫人面前丢脸，不如说是我们已经吓得迈不开脚。

“它的体型有些大，您要小心才是。”英子夫人微笑着说。

“过来，小点儿。”

什么小点儿呀，给狮子起名叫小点儿？还能这样命名啊？我曾经听说过，以前有一个住在日本的外国人给一只狗起名字叫三毛，事实上那只狗是森特·伯拿。这家人应该是听谁这样叫过，所以才会这样给狮子起名字吧。

但是，现在看来，与给狮子起名叫小点儿比起来，给狗起名叫三毛简直就是小巫见大巫了。虽然英子夫人一再呼唤，但是，小心翼翼的小点儿就是不和我们亲近。虽然我们很乐意它亲近我们。

“小点儿，别害怕，过来。”

教浩这样说道，狮子晃动着巨大的身体走了过来。

“它总是缠着教浩，很听那孩子的话。”

少年把手放在狮子——唉，怎么也不是“小点儿”的感觉，暂且用“狮子”代替吧——的头上，来回捋着狮子头上的毛。

“好了，去跟老师和警部先生打声招呼吧。”

少年微笑着说：“它很乖，没关系的。”说着拍了一下狮子的头。狮子晃晃悠悠地朝我们走了过来。

——虽然我在动物园里见过真正的狮子，但是，这么近距离的接触还是第一次。它的重量感和由于威严而产生的压迫感简直令人无法想象。

“老师，您也来摸一摸。”

“啊……啊……嗯。”

夕子吓得脸上都没了血色。但是，可能是“家教”这个职位在这里限制着她，夕子就像是被当作祭品的美女一样，面露悲戚之色，慢慢地用一只手碰触狮子。狮子抬起前爪轻轻地搭在夕子的手上。就这样一个动作，使我感觉夕子的危险指数迅速提升。狮子的喉咙深处发出呜呜的叫声，我感觉我肚子里面都在震动。

“它在跟大家打招呼。”

“啊，哎呀，是吗？你，你好。”

夕子一下子低下了头，快速把手抽了回来。教浩一边抚摸着狮子一边说：“对吧，它很可爱。”

——接待室的门开了，走进来一个红脸的彪形大汉：“呀，您就是老师吧，感谢您对我儿子的照顾。”

他的声音也很浑厚，我总觉得他就是一个大叔，完全不像是公司董事。泛白的衬衫看起来也很不合身，他的着装实在不能让人恭维，感觉和高端大气的英子夫人很不相称。

“很感谢您帮我们看家。因为我总是很忙，虽然我们家有三处别墅，但是我自己都没有见过。这次好不容易有三天的连休，突然就想去看一看。但是，这里的房子要是空着的话，总也不能让人放心，因此，就拜托您了。这位是您的叔叔吧？听说是位警察，是为了您的安全特意一同来的吗？哈哈。”

这时，门开了，英子夫人走了进来。

“老公，车子已经在等了。”

“哦，是吗？那这里就交给您了，拜托了。”

他径直走了出去，我和夕子一直送到门口。不知道这个有钱人是不会开车还是不愿意自己握方向盘，总之他叫了出租车。

“那，老师，我们走了。”

教浩一边笑着一边说：“小点儿就拜托您了。”

看着车子渐渐走远，我说：“我们应该对那只狮子说我们就拜托它了。”

“抱怨也没有用，既然已经这样了。好了，进去吧。”

进到玄关处，按下远程操控按钮，门就缓缓地关上了。

“虽说是照顾狮子，但也就是每天在固定的时间向院子里扔几块生肉而已，不会很费功夫的。”

“但愿如此。”

客厅里铺着一块很大的绒毯，这里放着一套很好的立体音响。夕子心情很好，她打开广播然后冲了过来。

“既然说了让我们随意，那我们就不要客气了。”

我也从和狮子见面的震惊中回过神来。

“但是，有件事我忘了问。”

“什么事？”

“这次帮忙看家的费用怎么算呢？”

“这个无所谓吧。”

我坐在绒毯上，夕子侧过身来，“现在不是说这件事的时候……”说着夕子吻了过来。总觉得被她忽悠了，但是我还真是拿她没办法……

2

冰箱里堆满了各种各样的食材。夕子使出浑身解数帮我准备晚餐。下面这些食物都是她做的：烧焦的牛排、芯里硬得几乎咬不动的炖土豆、半水的浓汤、类似于粥的米饭。即使是这样，当夕子问我好不好吃的时候，我当然还是不能说不好吃。我强迫自己喝着粥，嘴上还说："还不赖！"

"是吗？太好了。我并不擅长做饭。这里没有速冻食品，我还发愁呢。"

不过红酒喝起来很好（当然，是因为没有经过夕子的加工），在一张很大的桌子上，只有我们两个人，仅仅是这种气氛就足以令人胃口大开。

就在这时，玄关处的门铃响了起来，有客人来了。夕子站起来走了过去："请问哪位？"

听到夕子询问，一个年轻男人回答道：

"我叫山口。"

"那个，您有什么事吗？"

"我想见你们家主人。"

名为山口的男人说话的声音听起来很紧张："是十分重要的事，请开门。"

"那个，不好意思，大家都去旅行了，没有人在家呀。我只是留在家里帮着看门的。"

"旅行？出大事了！"

我也站在对讲机前听着，听到对方突然提高声音，我不由得和夕子对望一眼。

"去哪里旅行了？再不采取措施，再不快些，就来不及了。"

"您是什么意思？"

"夫人很危险，夫人……会被杀死的！"

"你说什么？"

"夫人会被杀死的，可能现在就已经……"

夕子看了我一眼，见我点头，夕子冲着对讲机说："总之，我现在开门，请先进来吧。"

这个叫山口的男人穿着工装，手里拿着安全帽，他还很年轻，大约只有三十岁。

"请坐。"

我走向山口，"你到底是什么人？"

“我是……下面工地的监督员。”

“原来如此，怪不得这副打扮。”

“嗯。现在工期很紧，工作很忙，夜里都要加班。”

“你说这家的夫人面临着危险？”

“是真的。请相信我。那家伙出去旅行就是为了杀死夫人。”

“‘那家伙’指的是这家主人吗？”

“是的。”

“你这么说……”

“我和夫人，我们俩彼此相爱……”

“哦——”

我慢慢地点头，“你们是从什么时候开始的？”

“嗯……已经有四个月了吧。”

山口的神情很自然，没有一点不好意思。

“因为我们动工的时候，噪声会扰民，所以在动工之前我必须要来这里打个招呼。那是我们第一次见面。”

嗯，比起她丈夫，英子夫人和眼前的这个男人更般配一些。

“现在不是说这件事的时候，如果不赶快采取一些措施……”山口冷静地说道。

我表明了自己的身份，山口一下子瞪大了眼。

“你是警部先生啊？那就更好了。您听我说，她——我是说夫人，她是个可怜人。那个叫鲛岛的男人很坏。夫人的娘家经营着一家小企业，因为借了鲛岛的钱，这家企业能否生存下来完全就凭鲛岛的一句话。鲛岛就威胁说，挽救夫人娘家的公司的代价是夫人要嫁给他。”

这种事，真是每个时代都会有……

“但是，这真的是事实……她一直忍受着丈夫粗暴的对待。刚开始她只是把我当作倾诉对象，为了安慰她，有时午休的时候我也会拜访这里，不知不觉，我们就被对方吸引了，然后我们就相爱了。虽然我知道这样不好，但是我并不后悔。”

“嗯……”

我只是点了点头。关于这样的事，我也不能说什么。夕子一直在旁边听着，然后她问：“后来她先生知道了这件事？”

“是的。是他们家的佣人说出去的。虽然我们一直很小心。”

这样的事很少能瞒得住。

“然后呢？她先生怎么说？”

山口摇了摇头说：“这正是我担心的事。夫人说，她先生肯定知道了这件事，但是他什么都没有说。这才令人害怕，我不知道对方是怎么想的……”

“要是发怒或者是打一架倒好了。”

“虽然，我希望我们能够面对面来个了断。”

夕子插话说：“你为什么会想到夫人会被杀呢？”

“鲛岛不是那种会带着家人去旅行的男人。而且这次出行这么突然，他肯定有什么企图。”

山口刚说完，电话就响了。夕子走过去拿起了听筒。

“你好……啊，夫人。”

山口不自觉站了起来。

“是的，这里没什么事……好的我明白了……不用谢。”

夕子放下电话说：“山口先生，现在不用担心了，夫人说没什么不好。”

“真的吗……”山口一边说一边松了一口气，“唉，没有事就好。但是……我总是有些担心。”

说完他就像浑身垮下来了似的闭上了眼睛。

“我理解你的心情。我也认为不用担心。可能鲛岛先生什么都还不知道呢，是夫人多虑了。但是，不管怎么样，还是应该找机会说清楚。”

“是啊。我心里也很明白……我先走了。”

山口走了之后，夕子摇了摇头说：“真是个纯情的人呢。看来他真的是喜欢上夫人了。”

“我预感又要发生命案了。当然平安无事最好。”

“又？你什么意思嘛。”

“每次和你在一起总要有什么事发生。”

“啊，你是说我是瘟神？！”夕子瞪着我说。

“好了，吃饭吧。”

“你别想蒙混过关——啊，对了，差点忘了。”

“什么？”

“要给那个可爱的小点儿喂食呀。”

“喂喂，别忘了回来吃饭啊……喂食的时候小心啊。”

“没事。高处有一个小窗户，我从那里把食物投进去就行。我不会把门打开的。”

"当然不能打开。"

"那，喂完我就回来。"

夕子走后，我又开始吃已经冷掉的食物。但是我再也没有食欲了，一想到狮子咀嚼生肉的样子……

"我说。"听到有人说话，我回头，看到夕子无奈的表情。

"怎么了？"

"没事。"

"什么没事，到底怎么了？"

"没有给狮子吃的食物。冰箱里是空的。"

"别开国际玩笑了！"

我站了起来，"那位夫人，应该……"

"你这样说也没有用呀，因为现在冰箱里确实一片肉都没有。"

我和夕子一起去了那个小屋里。确实，三个冰箱都是空的。

"一定是因为忙于准备旅行，忘了。"

"是这样吗？"

"什么意思？"

"他们不会是因为想把我们当成狮子的食物才把我们叫过来的吧？"

"你那是被害妄想症。总之现在很让人发愁。"

"给别墅打电话问问吧，可能在别的地方还有食物存放。如果没有的话，让肉食店送过来就行了。"

"是啊。"

但是，别墅的电话总是占线。夕子放弃了，放下电话说："没辙了！”说着就窝到了沙发上。

“这边的冰箱里呢？”

“只剩下一点点……”

“要不就先喂一点？”

“勾起它的食欲岂不是更危险？”

“是吗，要不要现在出去买些……”

“现在这个时间，哪家店都没有开门呀。”

“嗯，不知道这附近有没有二十四小时营业的超市。”

“怎么会有。”

“对了！”我拍了一下手，“给原田那家伙打电话，那家伙的家附近应该有那样的超市。”

“那我们就在这等吗？”

“否则能怎么办？”

说着我已经在快速地拨电话了。

“要是对他说请他吃一斤烤牛肉的话，就是南极他也会飞奔着去的。”

不出意外，原田警官很痛快地答应了。

“然后呢？买多少呢？”

“有多少买多少，几十公斤也无所谓。”

“到底怎么回事呀？”

“你别管那么多了，要快！很急！”

“宇野警部，你和夕子小姐在一起吗？”

“是又怎么样？”

“果然。”他意味深长地笑了笑，挂了电话。那家伙在想什么呢？

“这就解决问题了。”

“如果超市的肉都卖完了呢？”夕子问。

“那就另作打算。”

“你打算怎么办？”

“在原田身上押宝。”

过了大约两个小时，原田终于来了，手里提着四个大袋子。看到夕子提着其中的一个快速离开，原田立刻就把他庞大的身躯埋在了沙发里，并且用眼睛来回打量这间屋子。

“真大呀。”他羡慕地说道。

“是啊，这是大地主家的房子。”

“宇野警部在做什么呢？”

“看家。和夕子两个人。”

“唉，真好啊。比酒店还要便宜……对了对了，买肉的钱……”

“会给你的，不用担心。这里有好酒。但是，你开车……不能喝酒吧？”

“不，没问题。”

“喂，警察怎么能这样——”

“我打车来的。”

“什么，出租车现在还在外面等着吗？那——”

“已经回去了。”

“是吗……那你回去就不方便了。今天晚上也在这儿留宿吧。”

“哦，我就是这样打算才让出租车回去的。”

“脸皮真厚！”我笑着骂他，“好，那我们就去喝一杯吧。”

夕子回来了，说：“啊——终于放心了。它吃得好开心。”

“谁呀？”

原田一脸的不解。

“嗯，小点儿。”

我往原田的杯子里倒满了红酒——就是别人的酒好喝呀。红酒不能大口大口地喝，但我们还是心情很好地喝了一杯又一杯，我们三人一直喝到深夜。

“……差不多了，该睡了吧。”

我打了一个大大的哈欠，已经三点多了。

“主人已经帮我们准备了客房，原田先生自己睡一间，我们两人睡一间。”

“知道，不会打扰你们的。”

原田一边奸笑着站起来，一边说：“我去一下厕所。”说着就走出了廊子。

“好了，我们也上楼吧。”

“我去看看燃气阀门和窗户都关上了没有。”

“对啊，我们本来就是帮人看家的嘛。”

就在这时电话响了。夕子拿起了听筒。

“你好……啊，夫人，怎么了？……啊？你说什么？”

听到夕子很惊讶的声音，我立刻走了过来。

“好的。我明白了。”

夕子放下电话说：“糟了！”

“怎么了？”

“她说她丈夫不见了。”

“不见了？到底怎么回事？”

“不知道，说是一觉醒来她丈夫就不见了，好像是自己换了衣服出去了……”

“他能去哪儿呢？”

“完全没有头绪……从别墅出来只能乘车……总之夫人说，明天一早，如果她丈夫还没有回来的话，她就回我们这边来。”

“嗯……你别太担心。”

这时，我看到原田用手绢擦着手回来了。

“啊——我迷迷糊糊地被东西绊倒了。”

“你小心点儿呀。”

“不怪我，谁会想到在廊子的正中央放着那么一个庞然大物。”

“走廊的正中央？”

“嗯，我还以为是真的呢，还踢了它一下。那是一头很大的假狮子……”

我和夕子慢慢地朝对方看了一眼。我们都不敢相信。

“喂，原田，快把门关上！”

“啊？”

正在原田不知所以然的时候，小点儿已经从半开的门的方向走了过来。

“刚才我感觉我的心脏都停止工作了。”

原田发出与他的块头不相称的虚弱的声音。

“真是的……这是怎么回事！”

“我没有打开门呀，真的。”夕子说。

“我知道。但是，那个叫小点儿的狮子就在外面却是不争的事实呀。”

就在刚才，狮子就在客厅的一角，睡得很香甜。它就从已经六神无主地跳上桌子椅子的我们的面前大摇大摆地走过，然后旁若无人地倒头大睡。

“话又说回来，人的心理真是有意思呢，明知道跳到桌子上还是会被袭击，但是，还是会不知不觉跳上来。”

“现在是研究人的心理问题的时候吗？”

“但是，放心吧，它现在不是很乖吗？要不要先喂它点食物？”

“我们就任由它这样一觉睡到天亮？”

“那你去把它叫醒，告诉它说‘你的房间在那边’。”

“对不起！”

“明天夫人和教浩就会回来，如果它还不出去的话……明天天一亮它应该就会回到院子里去吧。”

“也就是说我们今天晚上要熬夜吗？”

“您要是睡得着，那你就睡吧。”

原田叹了一口气说：“睡不着，一点也睡不着。”我们三个人又重新坐回到沙发上。也没有心情喝酒了。

“我去看看关狮子的门为什么会开。”我站起来说。

“我也要去。”

“哇，别把我一个人留在这儿啊。”

“喂，这里没有人留守可不行啊。原田，没事的。”

原田用极其不情愿的眼神看着我说：“等你们回来，如果看到我只剩下骨头了，责任全都在你身上！”

我和夕子穿过走廊，来到了小屋里。通向院子的门就那样开着。夕子看着门把手说：“一定是小点儿自己开的门。”

“怎么可能？”

“你看，这不是牙印吗，还有这样开门的痕迹。”

“真是没办法。门没有锁吗？”

“好像没有。”

说着，夕子朝院子里看了看。

“我说，手电筒的光可以向下打一些吗？”

“怎么了？”

“把手电筒给我……院子里好像有像球一样的东西在滚来滚去。”

夕子把手电筒照向院子里。

“啊……那是……”

夕子一个踉跄，差点摔倒在地，我赶紧抱住她，自己也因为受到惊吓而一动也不能动。

因为手的颤抖而不断颤抖的光照出的正是鲛岛浩一郎的头。

3

“没事吧？”

我握着夕子的手。夕子从沙发上坐了起来，但是脸色还是很苍白。

“嗯，已经好多了。”说着她点了点头。

“现在，当地的警察正在往这边赶。”

“小点儿呢？”

“还在客厅里睡觉。几个人拿着步枪监视着它。”

“这到底是怎么回事呀？还能和夫人联系上吗？”

“已经给别墅那边打了电话，夫人正往这边赶。”

“她一定很震惊。”

“死得这样惨。”

“鲛岛先生的身体呢？”

“嗯，在院子里，离围墙有一段距离。”

夕子叹了一口气说：“怎么会这样呢？”

“不清楚。鲛岛先生怎么会在那里呢？他进去要干什么呢？怎么会被狮子杀死呢？”

“除非是饿极了，否则它应该不会轻易伤害人的。我们也给它喂食了……除非它意识到对方要伤害它。”

“你是说，鲛岛先生想对狮子做什么？”

“如果……”

“什么？”

“如果是鲛岛先生自己翻墙进去的呢？”

“这是他自己的家呀，为什么要翻墙呢？”

“原因暂且不管。如果真是那样，狮子可能就会本能地袭击人。”

“是吗？这倒是有可能的。”

“不管怎么样，那头狮子真的是杀人了。”

“现在的情形是这样。”

夕子轻轻地摇了摇头。

“真可怜，教浩……”

这时，玄关处传来了声音。

“好像是夫人回来了。”

“真是让人心情沉重呀。好不容易休息一次，现在却发生了这样的事。”

英子夫人的脸色比平时更加苍白，但是她确认尸体的时候表现得很坚强。只是在看第一眼的时候情绪有些激动，后来慢慢平复了下来，终于说了句“是我丈夫”。可以看出来，英子夫人虽然很震惊，但是，并不是很忧伤。那个叫做山口的男人的影子立刻浮现在我的脑海里。

比起夫人，她的儿子非常不冷静。

他从母亲的身后直冲进了屋里，大叫着：“小点儿，小点儿！”

原田慌忙阻止他：“别出声。”

“小点儿在哪儿？在哪儿？”

“在客厅。你不要过去！”

“为什么？”

“很危险。”

“哪里危险了？小点儿比刚出生的小猫还要无害。”

“它咬死了你的父亲呀。”

听到原田这样说，教浩的脸色一下子变了。看来他还不知道自己的父亲死了。

“你骗人！”他瞪着原田说。

“是真的。很可惜。”

我对少年说：“……杀死你父亲的正是小点儿。”

“怎么会……”

少年的脸色非常苍白，他用颤抖的声音问：“那……小点儿……被你们杀了吗？”

“我们可能会杀了它，但是会让它死得不那么痛苦。”

不等我说完，少年就冲上了楼。夕子走了过来。

“他知道了吗？”

“嗯……比起父亲的死，小点儿的事更让他受不了。”

“看来是这样。”

“向夫人问过话了吗？”

“这就去。”

“那我也去。”

凌晨五点。天已经快亮了。英子夫人一动不动地坐在接待室的沙发上。

“夫人，这个时候打扰您，十分抱歉，但是有几个问题不得不问您。”

“您问吧，我没事。”

“您是在夜里三点钟发现您丈夫不见了，对吗？”

“是的，我想大约是那时候。”

“您先生去世的时间是在夜里三点钟之前。您知道他是什么时候从别墅出来的吗？”

“我不太清楚……我老公吃完晚饭就说有些累，要先回房间睡了，接着他就回到了自己的房间。”

“那是几点呢？”

“具体几点我也不太清楚，八点吧，应该就是那时候。”

“夫人您一直到两点都还没有睡吗？”

“不是，我十一点钟睡的。我老公在别的房间睡。”

“原来如此，那您是怎么发现您先生不见了呢？”

“因为我平时有些神经质，总是担心门窗没有锁好。正好两点的时候我突然醒了，我就一直在想玄关的门有没有锁，这样就再也睡不着了，我觉得必须要去确认一下才行。去了之后我发现玄关的门还锁着，但是，我老公的鞋不见了。”

“也就是说您先生出去了？”

“我想他一定是走的后门，因为在厨房的方向还有一个出口。”

“原来如此，然后呢？”

“是的，我立刻去了我老公的房间，但是并没有看到他，床上也没有睡过的痕迹。所以我就往这边打了电话。”

“我明白了。结果应该就是您先生回到了这边。你知道为什么吗？”

“不知道……我心里也没有头绪。”

“对于您先生为什么死在后院这件事，您心里也没有想法吗？”

“我真的不知道。原本，我老公十分讨厌饲养动物，他说这简直就是浪费时间，有这闲工夫还不如去工作。”

“即使是这样，可是他还是饲养了狮子，对吗？”

“他是为了教浩。我老公很宠爱我儿子，他对教浩有求必应。在宠物店里，教浩见到了当时还是婴儿的小点儿，说什么也要养它，结果只能由着他。虽然说好了，等小点儿长大了就将它送回动物园，但是随着小点儿慢慢长大，我们就发现它很可爱，我老公也就听之任之了。——我老公为什么要到小点儿所在的院子里去呢……”

“小点儿性格很温驯吗？”

“是的，它就这样慢慢长大了。虽然有时候也会伤人，但是它袭击人这样的事，怎么都无法令人相信。”

“可能遇到无法预料的事情时，它就会恢复本性吧。”

“可能吧……”

这时候夕子插话了。

“夫人，您知道冰箱里根本就没有给小点儿吃的食物吗？”

“啊！”

英子夫人不由得用手捂住了嘴：“我，应该是放进去了呀……不会是，小点儿都吃了吧……”

“不，我是喂过它食物的。”

“啊，那……但是，我确实是放进去了呀。”

“三个冰箱都是空的。”

“啊，这到底是怎么回事？我确实在里面放了食物……”

“可能是有人故意把冰箱掏空了。”

英子夫人呆住了。

我咳嗽了一声说：“夫人，虽然这时我不想问您这些，但是拜托您回答我。”

“什么事？”

“您认识一个叫山口的男人吗？”

英子夫人一下子说不出话来了。

“认识吗？”

“是的，我认识。”

我把他们一家走后，山口来过的事告诉了夫人。

“是吗？他来过了？”

“他一直担心您会被您先生杀害。他为什么会有这样的想法呢？”

“我……那个人，我丈夫总是对我很粗暴，可能是因为我告诉他如果我们的事被我老公知道的话，他一定会杀了我吧。”

“如果是这样的话——”

夕子问道：“您先生真的要杀您吗？”

“即便不会杀死我，他也会狠狠地打我，他要生气起来真的是连他自己都不知道自己是谁了。我真的是经受不住他的殴打……”

“原来如此，迄今为止，他对您实施过暴力吗？”

“有过好几次。他是个占有欲十分强的人，仅仅因为我跟别的男人说几句话，他就会很生气。那个人同情我……”

这时，原田走过来叫我。

“什么事？”

我走过去，原田拿出一封信给我。

“这是从死者的口袋里发现的。”

打开一看，纸上用圆珠笔写着：“我想见你。今晚一点，树林边。山口。”

我回到沙发上，把信给英子夫人看。英子夫人睁大眼睛盯着信说：“嗯，是他的字体。这……”

“是给夫人您的吧？”

“嗯，可是我并没有见过这封信。”

“你们总是用这样的便笺纸联系吗？”

“是的。每次他都是工作的时候带过来，放到邮箱里，然后我去取。对了，昨天中午我老公从公司回来，我记得他回来的时候手里拿着信件。”

“这么说，这封信就这样到了您先生的手里，然后到了晚上他从别墅开车过来……”

“是他向我老公说什么了吗？”

“不知道。您先生是被狮子杀死的。但是……”

“那就奇怪了。”

夕子说：“山口先生是从我们这里听说你们去旅行的事情的，那个时间他不可能特意去赴约的。”

“那倒也是。但是鲛岛先生……”

这时不知从哪儿传来玻璃破碎的声音。

“什么事儿？”

听到枪响，我立刻站起身来。

“声音是从客厅那边传过来的！”

我们赶到了客厅。

“怎么回事儿？”

“狮子跑到院子里去了。”

原田指着打开的窗户说。窗户上锁的位置的玻璃碎了。

“是谁开的窗户？”

“是那个孩子。”

“啊，教浩！”英子夫人大声喊道。

“他从院子里悄悄地靠近窗户，打碎玻璃，然后打开窗户的锁。正好狮子醒了，听到孩子说‘跟我来’就逃到院子去了。这个过程就一会儿的工夫。”

“打中了吗？”

“在这里盯着的几个人都吓傻了，虽然有一个人开了一枪，但是，因为顾及孩子，他没有瞄准……”

“好了，我知道了。他们应该还没有出院子。天马上就亮了。赶紧寻找他们，有孩子在，只能说服他了。”

“明白。”

这时，远处传来了枪声。

“那是——”

英子夫人立刻明白过来。“在门口的方向。”她说。

夕子说：“快走！”

我们出玄关的时候，天已经亮了。门口处的警察朝我们跑了过来。

“怎么回事？”

“狮子……”

“到底怎么了？”

“狮子突然从树丛里跳了出来，和孩子一起逃跑了。”

“你说什么！”

“——为什么要开着门，没有拦住他们吗？连个孩子都没有拦住吗？！”

我被警察气得说不出话来，但是，这次没有把门关紧确实是我们的疏忽。在这种情况下，车会很频繁地进进出出，所以门是开着的。在没有特别指示的情况下，警官们这么做也无可厚非。而且就我个人的经验来看，狮子突然冲出来，人不可能很好地做出应对。

“好了，总之在有人家的地方拉上线，防止狮子伤人。”

“他们朝着杂树林的方向逃跑了……”

“是吗？马上组织搜索队去追，但是，听好了，千万不要开枪，因为可能会伤到孩子，而且打不中的话还会使狮子伤到自己。远远地包围，不要出手。”

“是！”

看到警官们跑着离开后，我忍不住骂了起来：“大意了！浑蛋！”

“不要担心，没事的。只要答应不伤害那头狮子，教浩就一定会乖乖回来的。”

“你是说让我说谎？不像你的风格呀。”

“不是说谎，我是说真的。”

“那不可能！再怎么说——”

“嗯，我知道。但是，有些地方还是有疑点……”

夕子陷入了沉思。

这时候时间已经接近上午了。

4

到了工地，我们看到一个男人正在用铲车挖土。

“方便吗？有些事要谈一谈。”

听到我的话，男人停了下来。

“有事儿吗？”

这是一个三十岁左右的健壮男人，皮肤被晒得很黑。

“开工真早！”夕子说。

“这是应该昨天做完的扫尾工作，你是谁？”

“警察。山口先生在吗？”

“不知道。今天早上见过。他现在应该起来了吧。找他什么事儿？”

“有些事想问他。”

“是吗？警车的声音一直在响。那个鲛岛的家里出事了吧？你们是因此来找山口的吧？”

“——你为什么这么想？”

男人笑了笑说：“这在工地是公开的秘密，山口和那位夫人有一腿。”

我和夕子对望一眼。

“你叫什么？”

“我叫系原，和山口关系很好。到底发生什么事了？”

就在这时，我听到“喂”的一声。

山口走了过来。

“昨天真是失礼了，慌慌张张说了一堆不该说的话。这么早过来，您有事吗？”

如果他是有意隐瞒什么而装出这副表情的话，那他的演技真是可以PK奥斯卡影帝了。我告诉他鲛岛死了，山口哑然。

“怎么会这样！他们不是去别墅旅行了吗？”

“他叫了车，又回来了，你看一下这封信。”

我给他看了信。山口很吃惊。

“这是……”

“这是你的字吗？”

“是的。这确实是我写的信。”

“一点钟的时候你去那儿了吗？”

“怎么会！夫人都去旅行了怎么会回来？”

“你能带我们去你信上所说的‘树林边’看看吗？”

“可以。系原，我出去一下。”

“知道了，我不会说出去的。”

“不好意思啊。”

出了工地，山口问：“她……还好吗？”

“夫人没事。”

山口看起来松了一口气：“所以，你们怀疑我是吗？”

“我们没有这样说。杀死鲛岛的是那头狮子。但是，我们不明白他为什么会去那里。”

就在这时，山口看到了站在树林边的警察。

“出什么事了？”他问。

我向他解释了整件事。他皱起眉头说：“那样做一定会刺激狮子，很危险。”

“你对狮子的禀性很熟悉吗？”

“也不是，只是我比较喜欢动物。——啊，这边。”

所谓的杂树林边就在工地的边缘，那里正好是洼地，里面的草长得已经及腰深，人坐在里面，正好被草覆盖住，很隐蔽，这是一个绝好的约会地点。但是，要是晚上约会的话，恐怕会有些冷吧。

“你们总是约在这里见面吗？”

“这里离鲛岛家很远啊。”

“不是的。看起来很远，其实比较近。我们是从树林的外围绕过来的，所以觉得远。”

“嗯？等一下。”

这时夕子说话了："好像有什么东西掉在那儿了。"

真的，好像有什么东西在草丛间飘飘荡荡，捡起来一看，那是一块干净的手绢，还是干净的，上面还有字母——K·S。

"这是鲛岛浩一郎的。"

"也就是说，昨天晚上他确实来过这里了。"

"但是，我真的没有来。"

"真的吗？你会不会抱着万一夫人会来的心态过来看看，但是你发现来的是她丈夫，然后你们起了争执，你无意间打到了对方，这时你突然起意，伪装成狮子杀害了他……"

"您别胡说了！我哪有本事去操纵狮子呀！"

"而且，把那么大块头的鲛岛从墙头上扔过去是很不容易的。"

夕子说："只能是鲛岛自己进去的。"

"嗯……但是为什么呢？他总不能大半夜去找狮子探讨人生吧。"

夕子突然眼前一亮："我知道了……如果是这样……就是这样……"

她又开始说起了只有她自己才能明白的专业侦探语言。

"你明白什么了？"

"嗯。一定是这样——"就在这时，我们听到背后有声音。回头一看，是教浩和那头狮子站在我们身后。

"教浩君！"夕子想要靠近他。

"不要过来！"少年高声喊道。

"教浩君，听我说……"

“就算你是我的老师，我也不会相信你。我不会让你们杀死小点儿的。”

“我们不会杀它的，真的。”

“你骗人。你只是现在这样说，过后就会说‘我们是为了你好’，你们大人都是这样！”

这孩子还真是什么都知道。不，不能由着他这样。

“喂，我尽自己所能不让别人杀死狮子。如果你现在乖乖跟我们回去，还有挽救的可能。但是，如果你继续这样逃来逃去，那这只狮子就难逃一死了。”

少年倔强地摇摇头。就在这时，他身后的狮子开始在树丛中骚动。警察们迅速围了上来，都用枪直指狮子。教浩警觉地站在狮子前面。

“要杀小点儿的话，就连我也一起杀了吧！”

不知道是一时冲动，还是长久以来的感情让这孩子奋不顾身。

“不要开枪！”我制止了其他警官。夕子站出来冷静地说：“教浩君，别担心，小点儿没事。因为，你父亲不是被小点儿杀死的。”

“你说的是真的？”

少年将信将疑地问。

“是真的。这件事本来就很蹊跷。狮子要是袭击人的话，咬断人的喉咙就可以了，没有必要将人的头弄下来。而且，狮子来到客厅后，也没有表现出很亢奋的样子。”

“但是……”

我说：“如果是人的话，能这样干净利落地割下人的头吗？”

“可以的。”夕子说，“只要借助铁颚就可以。”

“铁颚？”

“对，如果是可以把树根挖起，具有强大力量的挖土机的铲头的话，把人的头铲下来简直是小菜一碟。”

“这怎么可能！”

“犯人把鲛岛先生引诱到这里后，将其打晕，再把挖土机开到这里，把鲛岛先生的头铲下来。一开始他可能只是打算铲断他的喉咙，将尸体弄得更像是狮子咬死的，但是，因为没有掌握好力度，犯人竟然把鲛岛先生的头铲掉了。然后他再把尸体放到铲车上开到围墙边，将铲头升高，把尸体抛进墙内。小点儿也是因为发现有什么奇怪的东西进来了，才自己打开门，走到屋里来的。那个时候我就发现虽然门把手上有牙印，但是没有一点儿血迹。如果是狮子干的，上面应该有血迹啊。”

“那，犯人到底是谁？”

“当然就是操纵起重机的人。而且，就是那个为了不让挖土机上的血迹引起人们的注意而很早就起来工作的人……”

夕子突然用手一指，说道：“抓住他！”

打算从树丛的一角逃走的正是系原。这时，教浩轻轻地拍了一下小点儿说：“上！抓住那个人！”

狮子像一阵风一样消失在了树丛中。然后，我们听到重物倒地的声音。

“救命啊！”

是系原的惨叫声。我们一同赶了过去。虽说他是犯人，但是也不能让狮子真的咬死他。我们赶到现场时，大家都被眼前的景象逗乐了。

只见系原仰躺在地上，用凄惨的声音喊着救命，而小点儿正坐在他的身上，用舌头来回舔着他的脸。

“整件事闹成这样，你也很可怜呀。”我说。

山口站在工地的土堆上，忍受着残酷现实的折磨。

“是我自作自受。我真是个傻瓜……她……”

“她一边扮演受虐妻子的形象，一边和别的男人玩乐。对妻子的这种行为，鲛岛却装作什么都不知道，总是想着有一天她能够悔过。”

“请告诉我全部的真相。”山口坚定地说。

夕子接过我的话说：“她一直在寻找能够替她杀死丈夫的人。你肯定是不可能了。但是通过你见到系原之后，她就知道这个人一定能帮她达成心愿，所以她就向系原说了杀夫夺财的计划。在美色和金钱面前，系原答应了下来。就在这时，鲛岛提出去别墅旅行，他们认为这是个绝好的机会，这样自己就有绝对不在场的证明。另外，她还收到了你的来信，收到你的来信的人其实就是那位夫人，她所说的鲛岛取的信件什么的其实都是谎话。夫人原本的计划是让人们误以为是狮子杀死了她的丈夫。如果计划被识破，就把罪名推到你的身上，这是一个双保险的方案。因此，为了让人们认为是饿极了的狮子兽性大发杀死了鲛岛，夫人就把冰箱里的所有食物都扔掉了。然后她把你写的信经由系原交给鲛岛，并告诉鲛岛是你写给他的。”

“把信给了她丈夫？”

“是的。虽然你的信是写给夫人的，但是信上并没有写称呼。她丈夫如果认为信不是写给他的话，也不会大半夜从别墅赶回来了。”

“原来如此。真是个聪明的女人。”

我叹了一口气。夕子接着说道：“后面的事就像我之前解释的一样，系原杀死了鲛岛，然后抛尸。只有一点他们没有预想到，那就是，你打算和鲛岛坦白你和夫人之间的事，晚上就到这里来了。如果知道他们一家去旅行了，那么谁都不会在半夜去赴约吧。但是，他们认为不管怎样这件事都会以狮子杀死了鲛岛而结束……差一点他们就成功了。”

“等等。”我突然想起了什么，“如果山口先生在什么都不知道的情况下就去赴约了，那么他不就正好碰到鲛岛先生了吗？”

“如果是那样的话，系原就装作不经意的样子对山口先生说一些类似‘看到他们一家开车出去了’的话。日后，警察要是问起山口先生来，如果山口先生说他是从系原那里听说他们一家去旅行的消息的，警察就会去向系原求证，那时候系原就会含混不清地说‘可能说了，但是我记不清楚了’这样的话，从而使警察进一步怀疑山口先生。”

“系原确实这样说了。是我从你们那边回来之后说的。我说，我已经知道了，他当时一脸震惊……”

山口深深叹了一口气，“总之给您添了不少麻烦，我还有工作，先走了。”说着冲我们鞠了一躬，像是要和过去一刀两断一样快速离开了。

我们慢慢走到车站。春日的下午非常暖和。

“你发现那位夫人有什么不对劲吗？”

“嗯。”

“为什么？”

“那位夫人对山口先生所说的受苦受难的故事早就过时了，一听就知道是为了赚取别人的同情心而编造的故事。她还说过她的丈夫是个占有欲很强、嫉妒心很重的人。这种说法也很奇怪。”

“哪里奇怪了？”

“如果鲛岛真是这样的人，他会答应两人分房睡觉吗？”

“原来如此……我当时倒是没有注意到这一点。但是，那个孩子真是可怜啊。”

“我听说他有个非常不错的叔叔，他一定会没事的。不过也不能就这样放任小点儿不管了。”

“那孩子也可能是因为缺少爱才会和狮子那样亲近吧。父亲忙于工作，母亲忙于和一个又一个男人偷情……他和狮子亲近也是为了排解自己的寂寞吧。”

“但是，经过这样的事，他必须要成熟起来了。”

“我也很渴望别人的疼爱。”

“我冷落你了？”

“偶尔吧。”我装作怨妇相。夕子抓住我的胳膊把头靠在我的肩上，撒娇似地说：“那，我们随便找个地方吧。”

“嗯，嗯。那打车去……”

我们在车站前上了一辆出租车。

“好了，就去对你来说比较方便的地方吧。”

“真的吗？”

夕子提高音量大声说：“司机先生，把我们送到野生动物园！”

四

巷子里好像要下雨

巷に雨の降るごとく

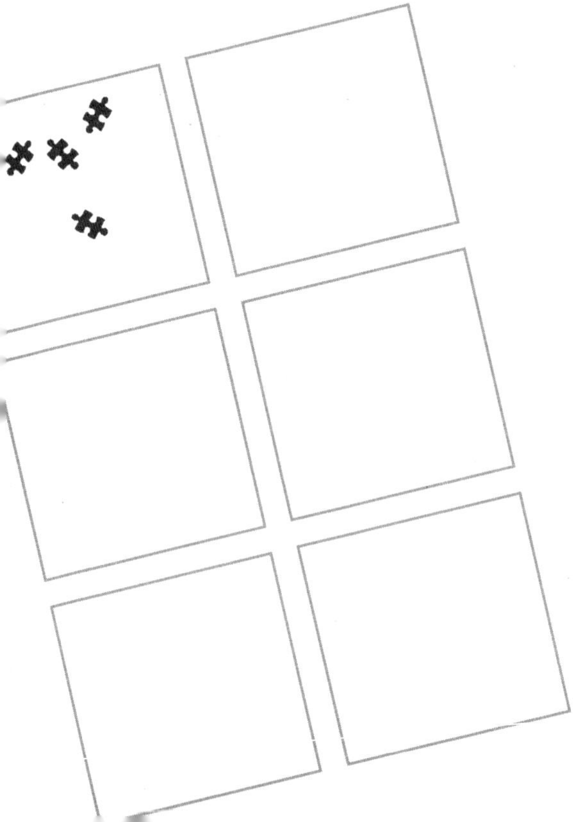

1

“……下雨了呀。”

从帐篷里出来，水户达夫自言自语了一句。河滩上黑色的小石头被雨水洗得发亮。

峡谷里终于变得明亮起来，溪面上飘着雾气。四个帐篷里的人，好像谁都还没有起来。

水户做了个深呼吸，虽然想让初夏的新鲜空气注满胸腔，无奈自己的感官好像还没有醒，没有办法好好感受这清爽的早晨。

虽然昨晚下了雨，但是今天好像是个好天气，水户这样想。抬头望去，近在百米处的绝壁之间终于能看到明亮的天空了。慢慢地，头顶上的一角开始有了太阳放射出的金色的光辉。

“真好啊……”

水户忍不住发出一声感叹。虽然人人都说他是一个不够热心的青年徒步旅行队的一员，但是，来到这儿之后，他还是心存感激的。现在他有一种众人皆睡他独醒的优越感。

水户又做了一次深呼吸，这次终于有了效果。然后，他再次做了深呼吸，这时候有什么东西闯入了他的视线。他摇了摇头，睁大了眼睛。那是什么？树枝上好像挂着什么东西。

他慢慢地走了过去。其实并不是他视力不好，在远处他也知道那是什么，可是不知怎么回事，他就是鬼使神差地走了过去。怎么会有人在那样的地方摇摇晃晃呢？那人在做什么呢？

“啊，喂……出事了！有人上吊了！”

水户大叫着跑回了帐篷。他本来是想跑的，但是他的腿一直在发抖，怎么也使不上力，他几乎是半爬半跑着回来的。

“我们之间已经完了，对吧？”永井夕子一边叹气一边说，“本来我们就不般配，我们的年龄差太多了。”

“这……怎么会？”

“可是，我已经四十五岁了，都可以做你的母亲了！”

我一下子笑喷了。夕子瞪了我一眼。

“讨厌，你能不能认真点儿。”

“但是，你演四十五岁的人，我演十七岁的人，就算再怎么演看起来都很离谱，根本就不像嘛。”

我把剧本放到了桌子上。

午后的咖啡店里没什么客人。如果不是这样，我们也不能有这样离谱的对白。就算这样，我还是看到刚才服务生因为强忍住笑而快要憋出内伤的脸。

“是这样吗？”夕子无奈地摇了摇头，接着自己回答了这个问题，“也是呢，和现实完全相反啊。”

“喂，也不是完全相反吧。”我抗议道，“第一，我不是四十五岁而是四十岁。第二，你不是十七岁，而是二十二岁。”

“也差不多。”

“差了五岁呢。”

“你还这么在意这件事就说明你上了年纪。”

我苦着一张脸，一口喝掉已经凉了的咖啡。说了不该说的话简直就是自找麻烦。夕子打电话来用甜美的声音说无论如何都想见我，当时我就有不好的预感，即使这样我还是屁颠屁颠儿地赶了过来……

夕子收到大学话剧部的邀请，要在自主公演活动中出演一个小角色，好像是什么主人公年轻的时候喜欢上的一个年长的女性。虽然只是客串，台词不多，却十分抢镜，听起来像是个很划算的角色。

“说是要以我的美貌来吸引人的眼球，企划人真是有眼光啊。”她自己倒是很满意。但是，后天就要公演了，还没有人帮着她对台词，所以我就被强拉过来充数了。

“唉，都怪你不认真配合我，根本就练习不下去嘛。”

“没办法呀，我又不是演员。”

“啊？身为警察，有时候不是也要拼演技吗？”

“但是，警察在犯人面前怎么也说不出像‘你就是一朵娇艳的玫瑰，在我的心中永不凋零’这样的话吧。”

夕子放下剧本说：“唉，真没劲，没什么有意思的事儿吗？”

现在的年轻人就是这样，总是问别人有没有有意思的事，没有的话，自己找就是了，但是又说嫌“麻烦”而懒得做。但是，这样的事到我这里就不一样了。搜查一课的事倒是可以用这样的手段解决。比如，自己去找犯人太麻烦，等他来自首就好了，什么的……

就在这时，收银台接电话的服务生突然喊道：“请问有位宇野先生在店里吗？”

我立刻站起来走了过去。服务生用不敢相信的眼神看着我，把电话递了过来。

“我是宇野。……什么？好，我知道了，马上回去。”

“——出事了？”

“嗯。”

“命案？”

“还不太清楚，我走了。”

“不清楚？我最喜欢这种疑云重重的案件了。我也去。”夕子眼里放着光。

“喂喂，你还要排练话剧吧。”

“没事的，在巡逻车里排练就行了。”

“你饶了我吧！”

收银台结账时，服务生问：“那个，刚才的电话也是在排练话剧吧？说你是警察，我还真是不相信。”

“奥多摩的溪谷中？很远啊。”

“嗯。但是确实在东京都。”原田这样说道。

“这我还是知道的。但是那里成为案发现场还是让人感觉不舒服。被害人是什么情况？”

“是一队外出野营人员当中的一个。发现他的也是他的同伴。”

警车前面的青山绿水像舞台背景一样呈现在我们眼前。虽然时值初夏，但阳光还是比较强烈，我们出了不少汗。夕子赶紧把头往车里面缩，并抱怨说：“糟了！头发都成这样了，快关上窗户！”

“我是因为热才打开的——”

“我的头发值八千日元呢。”

这次该我无语了。因为，夕子的头发只有齐肩长。

“你的头发也是烫过的吗？”

“当然，要不然怎么会这么柔顺？”

“这我倒没看出来。”

夕子哀叹一声说：“这就是你们中年男人讨厌的地方。”

我装作没听见，对原田说：“你说有些事还不太清楚，是什么不清楚？”

“嗯，死者是在树上吊死的……”

“那，不是自杀吗？”

“发现他的同伴也是这样想的。他们把死者放了下来，但是，有人却说不对劲儿。”

“嗯？哪里不对劲儿？”

“不知道，还没有听说。”

如果从原田那里能了解到事情的经过的话，那么这个人一定有未卜先知的能力。我已经放弃了在到达现场之前获取详细信息的打算。原田晃动着他那庞大的身躯和夕子谈笑风生。本来我们是去调查事件，但他们两个更像是去野营。

终于车子到了奥多摩的山路上。道路很窄，一边是潺潺的溪水。已经有几辆警车停在溪水旁边的岸上了。我们到达台地的时候，穿着警服的警察迎了过来。

“这是搜查一课的宇野警部。”

“一直在等您，我给您带路，这边请。”

我们跟在警察的后面，沿着小路走了二十分钟。这里的空气果然比市中心凉爽很多。我们来到了差不多有学校体院馆那么大的河滩上。

“那里就是案发现场。”警察指着那里说。

河滩上搭着四个帐篷，河滩的一边聚集着十来个人，尸体应该在那里吧。

“从哪边下去？”

“这边，路有点不好走，请您小心。”

这条路不是有点不好走，而是十分不好走。路窄得只能容一个人侧着身子通过，一旦踩空，就有可能栽到十米深的河滩上去，非死即伤。夕子穿着轻便的套装和运动鞋，像是专门为这种路况定做的装束，她很轻松地下去了。而我穿的是西服、皮鞋，脚下很滑，我紧张得直冒冷汗，等我下到河滩的时候，浑身已经湿透了。

夕子看着河滩上湿了一面的小石头说：“这里下过雨了吧。”

“因为是河谷。”那个警察说，“只有这里下雨了，才会有浓雾出现吧。”

“我们看一下死者吧。”

我们穿过河滩，当地的警察聚集在那里。

“乍一看，死者是自杀……”

一个叫后藤的警察这样说，他看起来有五十岁左右，是警察里面最年长的。“总之，请先看一下死者吧。”

掀开包裹尸体的塑料布，我们看到了一个二十岁左右的年轻女孩。她身穿带有字母的T恤衫，牛仔裤，光着脚。可能是淋了雨，她浑身都湿透了，脖子上有明显的勒痕。后藤警官说：“听说，她当时吊在这棵树的树枝上。”

眼前有一棵很大的树。我抬头一看，头顶上正好有一根粗大的树枝凸了出来。

“是这根树枝吗？”

“是的。”

夕子稍稍远离了大树，嘟囔了一句：“有三米高呢。”然后她慢慢地靠近尸体，看了看尸体的两只手掌，然后说：“原来如此。”

我急忙向一脸探寻神情的后藤警官说：“这是我侄女。”

“不好意思，我不碍事的。”夕子很大方地笑着打招呼。她人美嘴甜，后藤警官很快败下阵来，好声好气地对她说：“是吗？你和我女儿差不多年龄，看来您对这样的场景已经见怪不怪了……”

“她就好这口。”我说。

“你非要寻死我也没有办法呀。”说着，她狠狠地打了一下我的背。我痛得叫了一声。

“您怎么了？”后藤警官问我。

“没，没，没事。”

“我叔叔经常神经痛，时不时就会这样。可能是因为年龄大了吧。”

夕子冷着一张脸说。看着我瞪着她，她重新面向后藤警官。

“这个女孩是学生吗？”

“是的，是东京某大学青年野营俱乐部的学生，据说是利用这周末来野营的。”

“这么说，这里的四个帐篷都是那所大学的学生了？”

“不是，他们全分属于不同的大学。但是大家都是野营部的同伴，一同来这里爬山。”

“是谁发现死者的？”

“是离小河最近的那顶帐篷里的一个叫水户的S大学的学生。据他说，他是在早上六点左右发现死者的。因为他醒得比较早，从帐篷里出来，就看到这个女孩在树枝上荡来荡去。”

“这女孩叫什么名字？”

“嗯……西野妙子。是M女子大学二年级的学生。”后藤警官一边看着笔录本一边说。

“嗯，我们去见一下那个学生吧。”

警官跑到河边的帐篷里，把水户达夫带了过来。然后他又向我们讲述了一遍发现尸体的过程。

“然后呢？你是怎么做的？”

“我很吃惊……然后我回到了自己的帐篷把其他的三个人叫了起来，然后我们又分头把其他帐篷里的人叫起来。”

“是这样啊。那你们是在这之后马上把尸体放下来的吗？”

“不是。因为看一眼就知道她已经死了，一人就去报警，其余的人一直远远地看着。然后和她同一所大学的一位女生哭着说‘她这样一直吊着实在太可怜了’，W 大学四年级的深谷，也是队长就说‘好了，把她放下来吧’。”

“然后呢？你们具体是怎么做的？”

“深谷爬上树，用刀割断了绳子。我们在底下张开塑料布接着……”

水户朝盖着塑料布的尸体看了一眼，打了个寒战。

“那是谁说有些不对劲呢？”

夕子插话了：“是深谷说的。他看了一下尸体说‘这看起来不是自杀呀’……”

“那是什么意思？”

我看了看后藤警官，他说：“我正要问这个问题。”我们让水户回去，再将深谷从离河很远的帐篷里叫了出来。他是 W 大的学生，长得又高又帅，看起来很聪明。

“——是的，我是这样说过。”

“那到底是什么意思呢？你为什么认为她不是自杀呢？”

“因为她的手很干净。”他说，一副了然的样子，抱着肩。我和后藤警官对望一眼。夕子开口说道：“想要在三米高的树枝上不使用任何工具上吊的话，那就只能拿着绳子上树，然后将绳子绑在树上，在脖子上打个结套向下跳。但是，要爬上这么高的树，手脚不可能没有一点擦伤。而她的手上却没有一点伤痕。也就是说，她并不是自己爬上去的……”

“正是这样！”

深谷一动不动地注视着夕子。夕子回以一笑：“连这么简单的事都不明白，真让人头疼，是吧？”

赤裸裸的讽刺，我也只能干咳一声。

“嗯……这也是一种看法。只要一验尸马上就明白了吧。”

但是，他们两个人像完全没听到我说什么一样，深谷用炙热的眼神注视着夕子。我不高兴，很不高兴。让我更加不高兴的是，夕子也用很感兴趣的眼神看着那个大个子的家伙——不，是那个年轻人。我想，不能失了我的风度。

原田警官一边喊着“宇野警部”一边呼哧呼哧跑了过来。

“这么半天你去哪儿了？”

“没有去哪儿啊，刚从那条狭窄的小路上捡回来一条命啊。”

“你到现在才下来？”

“是的。”原田一脸平静地望着大家，“死者在哪儿呢？”

2

据深谷说这里的四个帐篷分别是 W 大学、N 大学、S 大学、M 大学的学生搭起来的。W 大学的成员由三男两女组成，N 大学的都是男生，S 大学的是男、女各两人，M 女子大学的都是女生（当然了，女大嘛）——总共十七人。

“我们是在中午到达这里的。”深谷说，“到了之后我们就各自搭起了帐篷。傍晚时分大家把烤肉的工具拿到河滩上，准备一起烤肉。太阳下山之后我们就一起喝酒唱歌……嗯……一直玩到九点钟。收拾完，大家都暂且回到了自己的帐篷里。”

“暂且？也就是说后面还有节目？”

“没有，接下来就是自由活动时间了，大家串着帐篷说说话，点灯许愿，反正就是这一类的事情，大家具体在做什么谁也没有在意。但是，本来决定今天去登山的，不能玩得太晚，所以十二点的时候大家都回到了自己的帐篷熄灯睡觉了。”

“然后，大家都睡觉了……”

“是的。”

“你跟那个叫西野妙子的女孩很熟吗？”

“谈不上很熟。因为我是我们这一行人的领队，所以每个队员的情况都了解一些。但是，我并没有和每个人都单独相处过。”

“嗯……不管她是不是自杀，昨天晚上她有没有表现出什么异常？”

“不清楚……”深谷想了一会儿才说，“啊，不知道她是不是酒喝多了，跳舞的时候，她突然说自己恶心，就回帐篷里去了。”

“一个人？”

“嗯……好像是有人送她回去的，但是我记不太清楚了。”

“原来如此。这么说没有别的什么特别的事对吧？”

“是的。在搭帐篷的时候，因为她们都是女孩子，我们过去帮忙了，那时候她还是活蹦乱跳的呢。”

这时，在一旁的夕子插话了：“你记得是什么时候下的雨吗？”

“不，我完全没有注意到。好像睡得很沉……”

夕子像是若有所思的样子。接着，我又让深谷去把和西野妙子属于同一学校的其他三个女孩子叫了过来。深谷将要离开的时候，在夕子面前停下并且问道：“你也是警察吗？”

“和你们一样是大学生，现在在做犯罪学的实际研究。”

“是吗？”

深谷笑了，好像松一口气的样子。

“但是，我感觉你就像是警察在问讯一样。”

我一边看着深谷回帐篷的身影，一边说：“他有问题。”

“啊，为什么呀？”

“你看他那张脸，像是经常玩弄女大学生的样子。他和西野妙子的关系一定不一般，说不定是他将她弄成自杀的样子。”

“真是谬论。正是这个人说那个女生不是自杀的呀。而且，他看起来很正派，不会做出玩弄女大学生这样的事的。”

“你怎么知道？”

夕子用冷漠、轻蔑的眼神看着我。这时，警官带着另外三位女大学生过来了。

她们三个眼睛都哭得红红的。她们所说的话和深谷所说的也没有太大出入。

“她身体不舒服时，你们记不记得是谁送她回去的？”

听到我这样问，她们三个面面相觑，摇了摇头，说不记得了。

一个叫二木佳子的一年级女生说：“但是，我记得她好像没在里面待多久，因为后来我们还一起跳舞了。我问她没事吧，她还说没事。”

“你们是一起睡的吗？”

“是的，等我们四个人全回来了，我们才熄灯。当时正好是十二点。深谷君对时间点的要求十分严格。”

“那，你们马上就睡着了吗？”

“没有，我们聊了大概有二三十分钟，但是之后睡得很沉……”

“你们一点也不知道西野妙子是什么时候出去的，对吧？”

三个人都沉默地点了点头。当我问到西野妙子有没有男朋友时，三个人都说没有听说她有关系特别亲密的男朋友。

——没有什么要问的了。等尸检报告出来之后，他杀自杀就清楚了。让三个女孩回帐篷时，我才注意到夕子不见了。回头一看，发现她正站在河边一块平整的大石头上——和那个叫深谷的青年并肩站在一起。

“深谷君——”我走近说，“我暂时没有什么要问的了，你们的野营也要中止吧？”

“当然，出了这样的事……”

“那，你能把全体人员的姓名、住址列个表给我吗？方便日后问话。”

“我知道了。”

深谷点了点头，然后面向夕子说：“那明天见。”说完他就轻盈地从岩石上跳到河滩上，小跑着回帐篷里去了。

“什么明天见？”

“嗯，他说他也是话剧部的成员，说要来看明天舞台剧的排练。”

“是吗？他确实长了一张人见人爱的脸啊。”

“他还说，他去年在文化节上扮演了哈姆莱特。黑色的西装应该很适合他呢。”

夕子一脸花痴相。然后她问我："你接下来要做什么？"

"那……我要先等到检察官来，然后回去。"

"是吗。那，我先去深谷的帐篷里看看。"

夕子说着就迈着轻盈的步子走了。看着她的背影，我很郁闷。站在石头上看着流水——水流很急，溅起的水花遇到岩石的棱角碎裂开来。

"……也不是不可能。一个四十岁的男人和一个漂亮的二十二岁的女大学生……年龄相差太悬殊了。"

要说我没有吃醋那简直就是在说谎，但是，我也一把年纪了，习惯了喜怒不形于色。我告诉自己不能阻碍夕子找到合适的恋人。对于一个像我这样天天忙的糟老头，夕子早晚会厌倦的。

"是的，我也该急流勇退了。"

我自己嘟囔一声。

"宇野警部。"

我回头看到原田那张很不自然的脸。

"怎么了？"

"您没事吧？"

"怎么这么问？"

"我看您刚才的样子好像要跳下去。"

*

第二天中午，夕子又像一阵风似的来到了警视厅。

"怎么回事，学校那边没事了吗？"

“傍晚过去，排练舞台剧。昨天的验尸结果出来了吗？”

“嗯，他杀的理由不充分。”

“但是，她不可能是自杀呀。”

“我知道，可能是被谁做了手脚。但是，就算是他杀，把人这样吊起来杀了，手段也是很高明啊。死者竟然没有一点反抗的迹象。”

“凶手也可以先用绳子把人勒死，然后再制造出自杀的假象啊。”

“但是，如果是这样的话，尸检应该可以看出来呀。凶手不可能做得这么不留痕迹。”

“也是……但是，这里面一定有问题。”夕子又说出了这样引人深思的话。

“我通知了昨天没有问讯到的学生们今天来，再了解一些情况，你要一起来吗？”

“嗯？——啊，不用了。过后你把了解到的情况告诉我就行了。”夕子意兴阑珊。

“你要去那儿吗？”

“嗯，我和深谷约好了在排练前对一下台词，他说可以陪我练。”

“是吗？那就好……加油啊。”

“谢谢！那我走了。”

夕子挥挥手走了，我的心像刀绞一样痛。这时，原田风风火火地走了过来。

“宇野警部，可以了吗？”

“啊，这就过去。”

工作，工作——我整理了一下心情，站了起来。

我把各个大学的学生分别安排在不同的房间里问话，感觉自己像是大学考试的面试官一样。但是，我并没有什么新发现，他们的回答只是进一步确认了昨天深谷和那三个女学生说的话。

最后是N大学的学生，他们全部都是男生。

“——你们当中，有谁在西野妙子身体不舒服的时候送她回去了吗？”

他们四个人相互看了彼此一下，然后有一个人战战兢兢地开了口：“那，您说的应该是我。”

“你，嗯……是马渕育夫君对吧？一年级。”

“是，是的。跳舞的时候我们正好一起。听她说身体不舒服，我就送她回去了。”

这孩子现在才十九岁，不管怎么说，都还是个孩子。

“那时候你只是把她送回帐篷睡觉，然后就回来了，是吗？”

“是的，当然。没过多久她就出来了，看起来也没事了。”

“你有没有听她说过有关自杀动机的话？”

“没，没有！真的！”

他慌忙回答，样子很可疑。直觉告诉我他可能知道什么。可能是因为在学长面前，他不好说什么。

于是，我对他们四人说：“可以了。”然后就让他们先回去了。

“啊，马浏同学，不好意思，请在笔录上签个字好吗？这些手续真是麻烦呀。先坐下……”

等其他人都出去以后我关上了门，我绕过桌子，站在他面前说：“好了，说说吧。”

“啊？说什么？”

“现在就不必隐瞒了。你的学长们现在已经不在这里了，你一定知道些什么吧？说说看。”

这个叫马浏的青年紧张地吞咽着唾沫，刚开始的时候还是说‘我真的什么都不知道’之类的话，但是后来他还是说了：

“好吧。我说……但是，请不要告诉我的学长们。”

“嗯，你可以相信我。”

“那个……我把她送到帐篷之后，她，冷不防地，那个，亲了我。我吓了一跳，问她：‘你不是身体不舒服吗？’她恶作剧似的笑着说：‘看你这么可爱，就想亲你了。’我很紧张，就说：‘你不怕突然有人进来吗？’她就说：‘这样才刺激呀。’然后她又说：‘那等大家都睡了，你到河边岩石的后面来吧，我会拿着毛毯过来的。’我赶紧从帐篷里逃了出来。当时的情况就是这样。”

“然后呢？晚上你到河边去了吗？”

马浏很激烈地摇着头说：“怎么可能，我没去，真的。”

“嗯，是因为睡着了吧。”

“是的……那个，其实，我是想着去看看的。”

他垂下了眼帘，接着说：“但是，酒量不好，醉得很厉害，睡得很沉。第二天早晨，是大家把我叫起来的。”

他看起来不像是在撒谎。我拍了拍他的肩膀。

“好了，我知道了。我不会告诉你的学长的。啊，你是十九岁对吧？”

“是的。”

“喝了太多酒啊。”

马渕点着头出去了。

“宇野警部，”原田说，“真是杀人事件吗？”

我摇了摇头。正如夕子所说的那样，西野妙子自己上树上吊的可能性很小。但是，仅凭这一点就能断定这是件凶杀案吗？当然也不是没有自杀的可能。一个想要自杀的人，一定会在自杀前极力掩饰。她诱惑那个一年级的学生，事情刚进行到一半就放弃了，就可以成为她掩饰的证据。动机呢？——现在的年轻人，做事动机不明的也不在少数。

如果她可以毫无损伤地爬上那棵树的话，那自杀就成立了。

“喂，原田。”

“您有什么事？”

“你去叫一个女警官来。不要女汉子，尽量娇小一些的。”

原田一脸疑惑：“您要干什么？”

“别问了，快去。”

“是——那个——”

“又怎么了？”

“长得要像夕子小姐吗？”

那天晚上，我到了夕子就读的大学。在那间阶梯教室里，只有舞台上亮着灯，有十几个人在走来走去。

“不行不行，我不是说了不可以站在桌子的右边吗？站在左边，左边！”生气地叫嚷着，留着长头发的艺术家范儿的青年一定是导演吧。被训的女生反驳说：“是左还是右，这样的事无所谓吧。”但是，导演毫不让步：“当然不行！站在左边是为了表现出她是用左脑思考的人！”

我不由得无语，会有观众看得这么仔细吗？

“啊，你怎么在这？”我听到一个女声，看到一个身穿高级和服的妇人……

“夕子！”我大叫起来，“真的是你吗？”

“讨厌，别大惊小怪好不好！”

“但是……真吓人呀，你们女的就是妖魔。不对，是妖怪。”

“你胡说什么呢。我演的是四十五岁的人妻，当然不能穿牛仔裤了。”

“那也……”我没有说下去，摇了摇头，盯着她看，“但是，你变成贵妇，看起来很不错啊。”

“啊，真的吗？呵呵呵……”

言谈举止还是不改女汉子的气质呀。

“说正事，那件事怎么样了？”夕子说，“分析出什么来了吗？”

“嗯，也不是什么了不起的事……”

我告诉了她 N 大学马浏同学的事。

“人之常情。——忘了问了，她有和男性交往的经验吗？”

“有过。不过没有怀孕。”

“是吗？绳子上有什么问题吗？”

“上吊用的绳子吗？没有，那条绳子上面没什么线索。四个大学的大学生是从同一家商店、同一时间，买的相同的绳子。也不清楚他们到底带去了几条。用的是哪个帐篷的绳子也没法调查清楚。”

停顿了一下，我接着说：“其实，我是从实验现场来的。”

“什么实验？”

“我在想，要是真的是自杀的话，手脚到底能不能没有一点擦伤。”

“你傻吗？你去爬树了？”

“没有，我让一个和死去的西野妙子体型差不多的女警官去的。”

“然后呢？结果呢？”

“手脚到处都划伤了。”

“当然了！那位女警官真可怜。”

“你别这么说。”

“但是能想到情景再现什么的，也是一种进步呢。嗯，值得表扬。”

“听您这语气，变身成了王子殿下？”我苦笑着说，“——那个帅气的W大学的学生呢？”

“你是说深谷？嗯，刚才还在这呢。说是还要打工，就回去了。

他是个很有出息的人呢，这件和服还是他帮我穿的呢。”

“你说什么？”我不由得问。

“我自己穿不了，当时又没有别人在场，我正发愁呢，他就说，他们家是开和服店的，就帮我穿了。是在附近的酒店里穿的。”

“酒……酒店？”

“因为，学校没有日式的房间，教室里的地板又脏，会把衣服弄脏的。”

我的心碎得像饺子馅儿一样，强忍着不爆发。穿和服也就意味着不得不先把之前穿在身上的衣服脱掉，因为不能套着牛仔裤穿和服，也就是说……

就在这时，舞台上传来了一个声音。

“好了，下一场，永井小姐！”

“啊，该我上场了，你看一下吧。”

夕子的这身打扮怎么看都不符合她的风格，她这个人是怎么也做不到静若处子的。我看着她小跑着回到舞台，深深地叹了一口气。——事情都发展到这一步了吗？是我该退场的时候了吗？

“老兵没有死，只是消失了吗？”

舞台上，我和夕子在咖啡店里练习的那一情节正在上演。

“……两个人年龄相差太大了。”

夕子一边说，一边做出像要挣脱男主人公的手似的动作。

两人的头上开始飘下纸质的雪花。本来是有这一过程的，只不过我们在咖啡店练习的时候省略了。

“我们不能这样！”

夕子挣脱了男主人公的手。

“永别了，浩市。”

说着夕子就下了台。

浩市和乔一（我的名字）的发音相同。雪花不停地落在呆然站立在舞台上的男主人公身上。就在这时，我突然听到有人喊：“宇野先生，宇野警部在这里吗？”

声音真是洪亮啊。大家不约而同地回头看。——在上面负责下雪的家伙也一定吓了一跳。

随着“啊”的一声，雪花一下子全部洒到了男主人公的头上，瞬间，可怜的男主人公变成了白发老人，像神话故事中的浦岛太郎一样。向观众席慌慌张张地跑过来的正是原田警官。

“啊，宇野警部，太好了，原来您在这儿呀。”

“什么原来我在这儿。到底什么事？”

“就，就是……”刚要说话的原田突然间不说话了，因为他看到穿着和服的夕子走了过来。

“喂，你到底要说什么？”

听到我的训斥，原田终于回过神来，“啊，就是上次那个大学生的事……”

“我怎么知道是哪个上次？！”

“啊，都认不出来了。”这次他是对着夕子说的，“很不错啊，很吸引人。”

“喂，你就适可而止吧。”

“是，是。我要说的是，上次 N 大学的那个叫马浏的学生被车撞了。”

“你说什么？”

“人死了吗？”夕子问。

“现在还没有醒过来。”

“找到撞人的车了吗？”

“还没有。”

我和夕子对望一眼，这是偶然撞到他还是因为马浏知道什么而要杀他灭口呢？

“总之先去看看。”

“我也去。”

“排练怎么办？”

“没事，反正不是什么重要的角色。好了，快走吧。”

“但是，你就穿成这样去吗？”

“看起来奇怪吗？”

“没有，虽然不奇怪……”

“那就走吧。”

夕子快步走了出去，一时间裙摆翻飞，看起来还很英气。但是怎么看她都不适合穿和服。

就在这时，那个长头发的导演站出来说：“喂，别妨碍我们排练，无关人员给我出去！”

“知道了。”原田轻轻一戳，那个导演就一步步向后退去，最后蹲坐在了过道上。

“腿长的人果然平衡感很差……”原田一边向外走，一边一脸认真地点了点头。

坐在医院长廊下的椅子上的女孩抬起头，脸上满是泪水。我不由得说："呀，你不是——"

这个女孩就是和死去的西野妙子在同一所大学读书的女大学生——二木佳子。

"马浏同学遭遇车祸时，你们在一起……你们是朋友吗？"

二木佳子点了点头。

"是吗，事情严重了。你能跟我说一下当时的情况吗？"

"我们……在放学的路上遇见，就商量着去哪儿跳舞……然后就绕道去了常去的舞厅。晚上，路上的人不多，路上很安静。我们也没什么急事，就慢慢悠悠地散着步……看着周围没有人，他就吻了我。我们就在道路正中央拥抱了。就在这时，有辆车突然冲出来，他大喊着'危险'！就把我推到了一边，等我起来的时候，他已经倒在地上了。我就看着车开走了……"

"你看清楚了吗？是什么样的车？还记得吗？"

二木佳子摇了摇头说："天很黑，我被推倒了……要是被撞的是我就好了。"她边说边哭。

"别这样，冷静一下。"

我拍了拍二木佳子的肩膀。

"我能问你几个问题吗？"

夕子接过我的话，用温柔的语气问道。二木佳子的表情虽然有些困惑，但还是沉默着点了点头。

“你和马浏同学交往已经很久了吗？”

“有半年的时间了。”

“那次去溪谷野营的人都知道你们的关系吗？”

“我们尽量低调，不让大家知道。”

“为什么呢？”

“青年野营部规定，关系特别好的男女同学是不能一起去野营的，以免出现什么差错和纠纷。”

“因此，你也没有向同一帐篷里的人提起过这件事，是吗？”

“是的。”

“那么有谁发现你们的关系不正常吗？”

二木佳子犹豫了一下。我刚想开口说话，夕子制止了我。

“你能告诉我吗？这是很难说出口的事情吗？”

二木佳子更加沉默了。夕子接着说：

“西野妙子同学应该知道你们的关系吧？”

二木佳子很惊讶：“你怎么知道？”

“西野同学曾经和你竞争过马浏同学吗？”

“嗯。西野……虽然说死去的人的坏话不好……但是，她真的是个很任性的人，总是为了达到目的不择手段……本来就是我先和马浏在一起的，然而她想横刀夺爱。马浏拒绝了和她交往，她就很生气。”

所以，当时西野妙子才说自己身体不舒服，她是故意引诱马浏的……我并不打算将这件事告诉二木佳子，但是，夕子很快就说：“那你知道，前天晚上，也就是晚会的时候，西野妙子引诱马浏同学这件事吗？”

“我不知道啊！”她睁大眼睛，用颤抖的声音问道，“他们做出了什么龌龊的事吗？”

“马浏去见西野同学了吗？”

“没有，因为……”她突然说不下去了。

“因为什么？”夕子目不转睛地盯着她，“因为，他当时和你在一起，对吧？”

二木佳子别过脸去。

“……你不必隐瞒。是这样吧？”

听到夕子这样说，二木佳子点了点头。

“是的……但是，请不要和深谷同学说这件事，我会被我们学校的青年野营部除名的。”

“放心，我会保密的。”

夕子微笑着点点头。

“那，你们是几点见的面？”

“我不知道准确的时间，大概是一两点钟。我一直在等大家睡着……”

“在哪儿见的？”

“在离河岸较远的一个树丛里，我们在那里见的面。”

“是他先到的吗？”

“是的。他说自己刚到，但是他总是这样——就是我迟到一小时，他也会说‘我也迟到了’……他真的很温柔体贴。”说着她又哭了起来。

“你从帐篷里出来的时候，西野同学在吗？”

“嗯，应该是在的。因为，我一直醒着。她要是出去的话，我应该知道的。”

也就是说，西野妙子是在二木佳子出去之后才出去的。然后她去了河边岩石后面，但是，马浏同学应该不会出现在那里，他应该在树丛里和二木佳子约会。那她很有可能就是在那里见到了别的人……野炊过程中，西野妙子声称自己不舒服，让马浏送她回去，然后有人看到了这一幕，悄悄地跟在二人后面，正好听到帐篷中的西野妙子对马浏说“等大家都睡着了你到河边来”，然后这个人就悄悄去了河边，想等两人到了之后，吓他们一跳。但是，在等待的过程中，这个人发现来的只有西野妙子一个人。然后这个人就起了歹意，因为这个女孩性子很烈，她就说：“你敢对我图谋不轨，我就告诉深谷同学。”对方很慌乱，两人发生争执，这个人就勒住了她的脖子，得知女孩死了，就用绳子把她吊在树上，制造出自杀的假象……

夕子接着问二木佳子：“那你们在一起待了多长时间？”

“两个小时左右。”

“也就是说，你们一直待到三四点钟。回帐篷时，天应该很黑吧？”

“是的，当然。”

“那也就是说你们当时没有看到西野妙子吊在树上，对吗？”

“是的，看到了不会不说的。”

“你回到帐篷的时候，没有人醒吗？”

“可能……但是，因为天很黑，我不太清楚。”

夕子看着我问：“西野妙子同学的死亡时间是？”

“我没告诉你吗？据说是夜里十二点到三点之间。”

夕子若有所思地想了一会儿，最后终于像想到了什么似的问：“我说，二木同学，你和马渕同学见面的时候下雨了吗？”

“没有。”

“你确定？”

“是的，因为我们……”她欲言又止。

“这样啊，如果下雨的话你们一定会发觉。即使再怎么耳鬓厮磨。”

二木佳子沉默着点了点头。

“那么雨应该是在黎明时分下的了。如果你是在三点半回到帐篷的，发现死者的时间是六点，那么那时候雨已经停了。”

“……应该是这样。”

“那你听到下雨了吗？”

“没有，因为我回到帐篷之后马上就睡着了。”

“这样……”

夕子很困惑地摇了摇头。这时，一个年轻的医生走了过来。

“暂时捡回一条命。”

“感谢上苍！”二木佳子长舒一口气，用手捂住了脸。

“可以问话吗？”

“不行，他还没有醒过来。二十四小时之内应该是不行的。”

“是吗，那什么时候可以，请联系我们。”

"好的，我知道了。"

我一边向医院外面走，一边给夕子说我刚才的想法。

"嗯……但是，验尸报告并没有说凶手是用手掐死受害者的吧？"

"是啊。这里还有疑问。如果是用手掐死的话，西野脖子上应该会有手指的痕迹。如果凶手是有计划地用绳子勒死了她的话，那这就是蓄意杀人。——你到底是在纠结什么呢？"

"雨。"

"雨怎么了？"

"感觉雨下的时间非常短……"

"山里的地形雨就是这样。雨会在某一区域突然下起来，突然就停止。而且有时候雾会被误认为是雨。"

"如果是雾的话，尸体会被淋得那么湿吗？而且砂子缝里还有很多小水洼呢。当时肯定是在下雨。"

"是否下雨跟这件案子有什么关系呢？"

"天机不可泄露。"夕子又说出了很得意的话。

"唉？从车上下来的那三个人……"

我们仔细一看，医院门口停下了一辆红色跑车，车上下来的是和马浏一起野营的三个人。可能是听说马浏被撞了，他们特意前来探望吧。他们也没有注意到我们，只顾着急匆匆地往病房里走。真是不错的学长啊。

"好了，晚饭怎么办？"

"啊，已经八点半了呀，我约了深谷晚上九点一起吃饭。"

“哦。”

“再见。”

夕子拦下了正好经过的出租车，上车走了。我迎着冷风，一脸无奈地看着她走远。就在这时，天竟然下起雨来。

“真是屋漏偏逢连阴雨啊。真倒霉。”

本来我想回到警车里，但是，不知怎么的，就这样在雨里走很符合我现在的心情。我还想起了不知道是谁的一句诗——巷中飘雨，潮湿我心。

我还想慢慢走一会儿，就听到原田咆哮着跑了过来：“宇野警部，那样会淋湿的。您不上车吗？”

真是个大大咧咧的家伙。

4

第二天又是一个很热的大晴天。午后，T大学的演讲大厅里挤满了年轻人。我四下打量了一会儿，看到夕子走了过来。这次不仅穿了和服还化了浓妆，显得很浓艳。

“你能出来真是不容易啊。”

“打着出去办事的旗号出来的。这里看起来很火爆呀。”

“那当然，因为有明星友情出演嘛。”

“啊？谁啊？”

“讨厌，当然是我了。”

夕子笑着说：“先不说这些，撞马浏同学的车找到了吗？”

“还没有。以防万一，核实了一下那天去野营的队员的车，没有发现异常。”

“是吗？嗯，马浏同学被撞也可能是一次偶然事件。”

“还有一件事我忘了，是不是应该检查一下那帮人里面有没有手脚擦伤的人？”

“我也想过这件事，但是没有用的。”

“为什么？”

“即使是有伤，也不能说那就是在爬树的时候留下的呀，去野营多多少少总会留下一些伤痕的。凶手连绳子都准备好了，想必也一定会戴手套吧。”

“那倒是。啊，对了，验尸结果有奇怪的发现。”

“啊？什么？”

“西野妙子喝了少量的水。肺部有水。”

“那不是——”

“不，不是溺死的。西野是脖子被勒住，窒息而死的。但是，她死前为什么要喝水也很让人费解。凶手是杀死她之后再将她拖到河里的吗？”

“但是凶手为什么要这么做呢？”

“嗯……凶手会不会是想要制造出死者是在下雨前自杀的假象呢？虽然已经将他杀伪造成自杀了，但是，凶手还是不放心，还要把尸体弄得看起来像是被雨淋湿了一样。”

“你是说，实际上凶手是在下过雨之后才杀人的？这是为了制造不在场的证明吧。”

“嗯，可能是吧。”

“如果是这样，就不得不清楚地知道下雨的时间。但是谁也不知道什么时候会下雨，大家不是都不知道什么时候下的雨吗？这完全不能构成不在场的证明啊？”

“也是。”

“我总觉得会想到什么……”夕子点了点头，“啊，不行，我得走了，演出已经开始了。再见。”夕子说着就小跑着走了。我正要向观众席入口的方向走过去，听到有人喊“警部先生”。我回头一看，原来是那个 W 大学的帅哥。

“呀，是你啊。”

“我们一起看吧。”

“啊，可以啊。”

我们找到空位置坐下，我装作很平静，瞟了一眼宣传册。在这个过程中，夕子会说“我们分手吧”。在此之前，我必须找到商量的时机。这是年长的人应该做的。这时坐在我旁边的深谷说话了。

“昨天夜里，我引诱了夕子小姐。”

我很震惊。

“是，是吗？”

“她很生气地训斥了我，还说：‘如果是作为朋友的话我们还可以来往，我的恋人只有一个，那就是宇野警部。’”

他笑着转向我说：“真的很羡慕您啊，可以找到这么好的女朋友。”

我干咳一声，眼光转向舞台。人妻和年轻的主人公相遇相知的剧情正在上演。我看着夕子，心里不知怎么的就感觉很温暖。

一个中年男人怎么会这么感伤呢？

“我们不可以这样！——永别了，浩市。”

夕子小跑着下了台。灯光只打在主人公一个人的身上，雪下得更大了。——掌声四起，谢幕。唉，夕子的戏份这就完了。我也还在工作，不能再这样游手好闲了。我向深谷告辞后出了大厅。我一个人走出去，心情愉悦。男人这种生物，还真是单纯呢。好了，回去吧。我刚想回去，就听到有人喊：“宇野警部！”

回头一看，是个不认识的女孩子跑了过来。

“什么事？”我问她。

“那个，永井同学说，让您等她换好衣服。还有，这个给您。”

说着她递给了我一张便笺。打开一看，上面是夕子的字：“用警车叫三四名年轻的警察过来。还有，准备五六个水桶。我要去那个溪谷做实验。”

“哎哎，这位名侦探又在想些什么呀？”我叹了一口气。

二十分钟之后，身穿牛仔裤的夕子又出现在我的面前。

“久等了，都准备好了吗？”

“照公主您的吩咐，都准备好了。”

“别再逗我玩了。好了，走吧，天黑了就不好了。”

“你到底想做什么呀？”

“路上说。”

两辆警车。一辆上坐着三个年轻的警察，另一辆就是我和夕子，还有原田。真是有浪费纳税人的税款的嫌疑。

“我是刚才在舞台上想到的。”夕子这样说道，“你也看到纸质的雪花了吧。”

“我完全不知道你在说什么，你到底想干什么？”

“问题就是雨。就像刚才所说的，要是不知道具体什么时候下雨，弄湿尸体就不能成为不在场的证明。也就是说，这么做一定还有别的什么原因。——我说怎么从一开始就觉得不对劲儿呢。”

“什么不对劲儿？”

“那就是谁也没有注意到下雨了。参考他们的证词可以发现，确实是下雨了，但是谁也没有听到雨的声音。在帐篷里，下雨的声音应该听得很真切才对呀。但是，为什么谁都没有发现呢？”

“为什么？”

“也就是说，是不是根本就没有下雨呢？”

看到我和原田惊讶的神情，夕子接着得意地说：“凶手不是为了掩盖死者是被雨淋湿而将尸体拖到河里，而是为了掩盖死者就是死在河里而做出的下雨的假象。”

“死在河里？”

“是的，你也看到了，水流很急，对不对？将绳子打个结套在头上，如果突然掉下水的话，只要岸上的人抓紧绳子，她就会被水冲得很厉害，绳环也就会越来越紧。这样的话，死者喝了一点水也就解释得通了。杀死她之后，凶手一拉绳子就把她吊在了树上。但是，死者浑身都湿透了，这样大家就不会认为她是自杀的。这也就是为什么凶手要让大家以为下雨了——”

“你是说，凶手把整个河滩都用水浇湿了？那怎么可能？”

“怎么不可能？那片河滩本来就不大呀，一个人或许不行，但是如果是三四个人的话……用水桶把河水不断地拎上来倒在河滩上。因为底下就是砂石，水会通过沙石的缝隙四处流动，所以这也不是不可能的事啊。”

“那，你就是来做这个实验的？”

“是啊。啊，不好意思，忘了告诉你们穿上旧鞋。”

真是大费周章。四个大男人——原田和三个年轻的警察——单手拿着水桶不停地往返于河滩和河边。夕子只是在看着手表，坐在石头上当起了监工。

“就是这样，大家加油，马上就完工了。”

你问我在干什么？——嗯，作为整件事的记述者，我就免了吧。

“一个小时五十三分钟！”

夕子大声喊道：“两个小时足够了。你明白了吧？”

“原来如此。完成这种现场布置确实比较快。但是凶手为什么要用这么复杂的杀人手段呢？”

“接下来我就为你揭开谜底。——啊，大家辛苦了！”

“您说什么呢？很愿意为夕子小姐效劳。”原田一边喘着气一边说。

夕子面向四人说：“宇野警部说要请大家吃好吃的，鳗鱼牛排都可以，大家想吃什么？”

我哑然。

“真的吗？”

“不好意思啊。”

“那我想吃烤串——”

“我想吃河豚刺身。”

我强颜欢笑。

回去的路上，警车上的无线电传来了消息。

“宇野警部。”

原田回过头来说：“那个叫马浏的学生醒了。”

“好，我们这就去医院。”

我们到医院的时候已经是夜里了。走进病房，看到二木佳子坐在床边。

“啊，警部先生……”

“嗯，他怎么样了？”

“刚睡着。”

“是吗，那我们等一会儿吧。”

夕子走到前面说：“真是太好了，是不是？”

“嗯。”

“我说，你也把事实告诉我们吧。”

“嗯？”

“我都知道了，真是太倒霉了，你也不会想到会出那样的事吧？”

二木佳子脸色苍白，她轻轻地点了点头。

“……我就想着，等他得救了，我就去自首。”

我不由得来回看着她们两个。夕子说话了：

“马浏同学送西野同学回帐篷的时候，你很在意，就悄悄地跟在后面，在帐篷外面听到他们俩人的对话，你很生气，想把话说清楚。因此，到了晚上，当西野出了帐篷以后，你也跟了出去，来到了河边岩石后面，争执之中……”

“那真是偶然的！她过来抓我，而我躲开了，她就失足掉进了水里。我吓了一跳，走近一看，就看到她像是要被河水冲走一样，但还是紧紧地抓着石头凸出来的部分。我想要去叫人，就往回跑。正在这时，我看到马浏走了过来，我就对他说‘西野同学掉水里了’，他就赶紧拿了绳子赶到河边。N 大帐篷里的其他人也都被惊醒了。然后，他就将绳子打了个结扔给西野同学，但是，因为水流太急了，她根本够不到。在这个过程中，她就想办法把绳子套在身上，就在这时，她原本抓着岩石的手滑了，这样她就彻底掉到了水里……但是，绳子的这头一下子就紧绷了起来。N 大学的四个人拼命地把绳子往上拽。但是……”

“也就是说，等你们把她拽上来的时候，绳子正好勒紧了她的脖子。”

“是的。我慌忙给她做人工呼吸，但是没能成功。然后大家商量要怎么办……而我可能就会被认为是故意杀人……大家就说，那就把它伪装成自杀的样子好了。但是，因为她全身都湿透了，会被人怀疑——”

“N 大的四个人就把河滩上倒满了水，制造出刚下过雨的样子，对吧？”

“是的，其他帐篷里的人好像没发现什么。”

就在这时，床上的马浏同学动了一下身体，睁开了眼睛。

“——育夫！”

“佳子……警察……”

“算了，我都说了。”

二木佳子紧紧地握住马浏的手说：“我终于安心了。你别担心，赶快好起来。”

我和夕子走了出来。

“哎哎，原来真的只是偶然事件啊。”

“嗯。但是那个女孩把它当成了天谴。她是个不错的女孩儿，应该能被警方认定只是过失吧？”

“应该可以。大家也不是十恶不赦。但是，你怎么会知道得这么清楚呢？”

“如果是有计划地杀人的话，这样的杀人手段就太麻烦了，所以这次只能是偶然事件。马浏送西野回帐篷的时候，她不可能不知道。因为，她知道西野一直虎视眈眈，准备横刀夺爱。我想她一定会跟过去听听他们说什么。”

“原来如此。”

这时，原田一脸害羞地跑了过来。

“宇野警部……”

“怎么了？”

“大家在等你呢。”

“等我干什么？”

“您不是说邀请我们吃饭吗？”

出来的时候，我对二木佳子说让她去自首。因为这样做她就可以减轻罪行。暂且放下警察的身份，毕竟对于一个警部来说这是不能原谅的行为吧。难道我是受到了夕子的影响？

五个人吃了将近十人份的烤串，不知道喝了多少啤酒……从店里出来的时候已将近十点了。钱包已经空了。好在分别的时候夕子资助了我一部分，如果不是这样，我肯定没钱吃饭了。

“谢谢款待！”

“向宇野警部敬礼！”

“宇野警部，万岁！”

唉，这次该我不好意思了。

好不容易一个人了，天却滴滴答答下起雨来。

“浑蛋！”

我嘟囔一声，看到一辆车停在了我旁边。

“您要打车吗？”

车里的司机露出一张美丽的脸。不是穿着和服的夕子又是谁？

“喂，你哪儿弄来的车？”我坐在副驾驶上问。

“租的车。您要去哪儿？”

“哪儿都行。——这身和服，谁帮你穿的？”

“上过和服培训班的朋友帮我穿的，不劳您老费心。”

她笑着回答。

“我才不担心你呢。”

夕子把车停在寂静的小路边上，看着我说：“你都从深谷那里听说了？”

“嗯，你不觉得可惜吗？那么年轻帅气的男人……”

“瞧你说的，自己明明在吃醋。”

我苦笑着，夕子靠过来，我们拥抱在一起。

“我说。”夕子小声说，“找个地方把我的腰带解开吧。”

我激动得心脏简直都要跳出来了。

“好！”

“但是，还是不行。”

“为什么？”

“你不是不会穿和服吗？”夕子笑着说，“要不，你也去上上和服培训班吧？”

五

棺材里的睡美人

眠れる棺の美女

1

“要是不满意，你应该提前跟我说一声呀。”

我很生气，觉得很委屈。

“所以我这不是在跟你道歉吗？”

夕子看着我，一脸的歉意和深情。

这是和平时的情形完全相反的对话。要是平时，都是我讨好夕子，好吃好喝伺候她，但是今天我觉得很生气。我已经四十岁了，就算我们是恋人，我也并不觉得和一个二十二岁的女大学生生气是多么不成熟的事。而且我的年龄摆在这儿，还是一个瘦瘦干干巴巴的警视厅搜查一课的警部，身份和受到的待遇不对等这件事更让我生气。

“我不是说了让你穿戴整齐之后过来吗？”

夕子也有些着急了。

“还很远吗？”

“再走五分钟就到了。”

午后，我们走在住宅区的街上。这一带位于市中心，是有名的高级住宅区，周围都是高高的围墙，一排排整齐的府邸排列着。

“你总是说我的穿衣打扮不是像老鼠，就是像土气的大学生。还总是说约会的时候就要穿和约会相称的衣服，所以今天我才……”

“可是，你的品味也太差了吧。”

“差吗？”

我看了看自己的一身打扮，白色的上衣和裤子，橙色的衬衫，紫色的薄围巾，觉得这身打扮还是很有自己的风格的。

“这可是我花了三天时间在百货商场挑选的，是咨询过店员的建议之后才买的。”

“你是不是走错地方了？还是那个店员本来就喜欢整人啊？”

夕子叹了一口气：“唉，你觉得你这样穿真的适合参加葬礼吗？”

夕子穿着黑色的连衣裙。

当接到夕子电话的时候，我听到她说：“我在XX检票口等你……”说完她就兴冲冲地穿上这身行头赶了过来，因为我戴着眼镜，我看到她还在左顾右盼地找我。我摘掉眼镜冲她一笑，还期待着她说一句：“你好帅呀，我都认不出来了，返老还童了！”

谁知道她却说：“你疯了吗？”我的自信就像被针扎破的气球

一样，瞬间瘪了下去。

“即使你不满意，现在也不能回去换了吧。”

“所以我才无奈呀。”

夕子做出已经放弃的样子，耸耸肩说：“我只好解释说，你打算进军演艺界。”

“到底是谁去世了？”

“一个叫今泉仙一的人，和我已经去世的父亲关系很好。”

“他在这边有房子，应该是个很有钱的人吧。”

“是的，在‘有钱人’这三个字前面加三个‘超级’俩字都不为过。但他是个很奇怪的人。”

“有钱人大多都很奇怪吗？”

“虽然他已经快七十岁了，但是身体很硬朗，简直不敢相信他死了。”

夕子一边摇头一边说。

“你喜欢他吗？”

“嗯，就是感觉合得来。”

“因为你们都是怪人。”

“你说的什么话！”

夕子用眼睛瞪着我，我忙躲开视线。

“——我觉得他有些鬼头鬼脑，也就是说他有时候像个大孩子，都五十多岁了他还学了开飞机，六十岁的时候又热衷于乘坐跑车，感觉他就是人老心不老。——啊，就是那家。”

“啊，很潇洒的感觉呀。”

我发出由衷的感叹，夕子脸上露出了讽刺的笑，说：“平时连面都没见过的远亲都来了。”

“嗯，他们关心的都只是财产吧。”

“没错。”

我们走到门口，发现这里有些骚乱。一个十六七岁的少女差点摔倒，跌跌撞撞地到了门外。

“快滚！”

我首先听见一个男人咒骂声，紧接着就看到一个身穿黑色西装、戴着黑纱的男人出现在了女孩的后面。

“你给我听好了，你要再来冒充，我就把你交给警察，听到了吗？”

少女蜷缩着小小的身躯，穿着黑色连衣裙的她不停地颤抖哭泣。男人像驱赶野猫一样嚷道：“快滚，真碍眼！”少女从包里拿出手绢捂住脸，像逃跑一样从我们身边逃了出去。男人注意到了夕子。

“呀，这不是夕子小姐吗？”

“酒井先生，这究竟是怎么回事？”

“唉，这不是电视剧里常有的事吗？”

那个叫作酒井的男人一脸无奈地摇摇头：“她竟然说：‘我是死者的私生子。’”

“那个女孩吗？”

“她也没有证据。空口无凭，我看她就是为了要钱才来的。”

“但是看起来并不像啊……”

夕子转身看着远去的少女的背影。

“她一定是被谁指使的，如果不给她点颜色看看，她可能还会再来的……这位是？”

他像看稀有动物一样看着我。

“这位是警视厅的宇野警部，这位酒井先生是去世的今泉先生的私人秘书。”夕子将我们俩人互相做了介绍。

“你好。”

我点头示意。这位酒井先生看起来还不到四十岁，头发却已经没有了一半，听到我是警察，脸上立刻掠过一丝不安。然后他马上装出商业式的笑容，“警部先生？这……怎么会？”

“这个人是我的恋人。”听到夕子这样解释，他立刻睁大了眼睛。

“哎呀呀，你们真是关系不一般呢。”

“我想上炷香。”

“啊，今泉先生一定会很高兴的，因为他生前就一直很喜欢夕子小姐。”

“我很受老人青睐呢。”

夕子说完这句耐人寻味的话就走了过去，我刚想跟过去，却发现脚底下有东西，像是月票一样的东西，我捡起来一看，原来是上学的月票，再向里面看，还有一张学生证——照片虽然不清楚，但是一定就是刚才那个少女的。这是从包里拿手绢的时候掉的吧。

上面写着：会田良子，十七岁。

“你在干吗？”

听到夕子的声音，我赶紧把月票放进口袋，跟了过去。

“出殡。”

啊，哎呀呀，现在才听到这样的声音。我们到这里已经有两个小时了，从一开始就在这里列席的人都感到有些厌烦了。

夕子像中风的老人那样颤颤巍巍地站了起来。

这座日式的大建筑，数不清楚到底有多少房间。在一间宽敞的房间里，坐着参加葬礼的人，让人感觉有些不一样的就是，棺材放在里面的另一所房间里，要是烧香的话，也是每个人进到里面然后再出来，这样就比较花时间。

“大家请到前院去。”

刚才那个叫酒井的男人对大家说。

出了玄关，青石路一直铺到门口，七八十个穿着黑色衣服的人列队前进。因为我是万黑丛中一点白，所以我决定尽量走在最后面。刚开始进来的时候，大家那种责备的目光全部都集中到我身上了，我尴尬得浑身都是冷汗。但是，什么事都是习惯了就好了，几个小时以后，已经没有人注意到我这个人的存在了。

在等着棺材出来的时候，传来了“啊呀，夕子小姐”这样的声音，说这话的是一位四十岁左右、十分漂亮的女人。

“请节哀——”夕子刚想说几句安慰的话。

“罢了罢了，父亲一生任性，现在他应该是死而无憾了。”对方竟然若无其事地这样说。

“但是，真的是很突然呢。”

“就是啊。我下周还想去巴黎，很忙的……真是败给他了。”

“令尊患的是什么病呢？”

“好像是心脏病……我也不是很清楚。总之他死的时候身边没有一个亲人朋友。我也是接到通知才赶过来的。”

“您的父亲是个好人。”

听到夕子这样说，这位像是去世的老人的女儿的人说：“人倒是不错，但是，他总是乱来，把财产都挥霍了。现在他可算是消停了。”她很解气地说，“你去火葬场吗？”

“不了，我就到这儿了……”

“哦，好，那等这事忙完再过来玩吧。我会从巴黎给你寄明信片的。”

“好的。”

这位满嘴不离巴黎的女性就这样走了。怎么看她都和丧事不搭边。

“真不像话！”

“她是老人的女儿吗？”

“是长女石滨由纪子，她的丈夫以前是今泉先生的秘书。她丈夫人很不错……但是她的为人很差劲！”

“那今泉先生还有别的孩子吗？”

“还有两个儿子，最小的孩子出生没多久，母亲就去世了。直到现在，今泉先生还经常提到去世的妻子呢。”

“也就是说，遗产都会归那三个人所有吧。”

“对。要是一分钱都不会给他们才好呢。”

我想起来放在口袋里的月票，那个叫会田良子的女孩……如果她真的是死去的今泉先生的私生女的话，那这事就麻烦了。

灵柩出来了。刚才还在吐沫横飞的众人，现在突然间严肃起来了。他们做出双手合十的样子，好像这样就能得到神灵的保佑似的。

抬着棺材的应该是老人的两个儿子和长女的女婿，还有几个男人在旁边帮忙抬。酒井一边向殡仪馆的工作人员交代着什么，一边跟着灵柩走了出来。白色的棺木，在一行参加葬礼的人中缓缓前进。

突然一声女人的尖叫声划破长空。我和夕子对望一眼。片刻停顿之后，紧接着就是分贝更高的尖叫声。站在队尾的我完全不了解发生了什么事，但是直觉告诉我事情肯定不简单。

“去看看！”夕子首先站出来分开了人群，我也紧随其后。

“怎么了？”

“到底怎么回事？”

“不要过来！”

一时间什么样的声音都有，棺材周围已经围了一堵人墙。是棺材掉地上了吗？那也不至于闹出这么大动静呀。我和夕子拨开人群挤了进去。棺材像是被抛出去一样倒在石板路上，酒井和刚才抬棺材的那几个男人都离棺材数步远，神情呆然地看着棺材。

“请问到底发生什么事了？”

听到我这样问，酒井看着我说：“警部先生，还好有您在这里！”

说着他就抓住了我的手，“快，快看那儿！”

看到棺材我也倒吸了一口凉气——在白色棺材的底板和侧板的缝隙之间有红色的血流出来！而且是源源不断地流出来的，滴滴答答在石板路上留了很多痕迹。

“怎么办？”

酒井问道，他吓得直发抖。虽然我也有些震惊，但是，我毕竟受到过专业训练，还不至于吓得摔倒。我对殡仪馆的人说：“把棺材打开！”

夕子也吓得脸色苍白。她说：“太奇怪了，那血竟然是新鲜的……”

“是啊，看起来是从新伤口里流出来的，快把棺材打开。”

殡仪馆的男人们拔掉了棺材上的钉子。我和其他人都向后退，等棺材盖慢慢地被揭开，我才过去检查遗体。

“——怎么样？”

夕子也走了过来。

“很奇怪啊，并没有发现伤口啊。可能在背上，把遗体翻过来看看吧。”

可能是职业的缘故，我对这样的事习以为常。我刚一用力把死者的头搬起来，周围就一片尖叫声。伤口果然在背部，是由尖刀刺入所致。

“这事麻烦了。”

我把遗体放下，夕子和我交换了一下眼神。

“死者现在身体还没有僵硬，也就是说……”

我走向酒井并对他说：“酒井先生，请大家回到屋里去，谁也不能离开，另外请报警。”

“但，但是……到底……”

“死者是被杀死的。就在这几小时之内。”我说。

2

“酒井先生，您说到底该怎么办呀？”长女石滨由纪子用咄咄逼人的口气说，“你倒是想想办法呀，你是秘书呀。”

“可是，我也……”

“好了，大家冷静一下。”我插话道，“就算是再有能力的秘书，对于杀人事件也是无能无力呀。”

杀人，这个词让大家都沉默下来。今泉府邸的客厅里，宽敞的房间里铺着地毯，放着沙发。

此时，坐在房间里的是石滨由纪子，她的丈夫石滨功一郎，长子今泉晴之，次子今泉诚，秘书酒井五个人。当然还有夕子和我。

门被打开，原田警官庞大的身躯出现在人们的视线里。

“宇野警部，我把医生带过来了。”

“啊，辛苦了。请他过来吧。”

进来的是一位把原田当做是一个电话本甚至是宣传册的瘦弱的老人。

“请坐。”

我让老人坐在沙发上，“您是吉田先生，今泉先生的主治医生，是吗？”

“是的。他的家人也经常到我那里看病，也可以说我就是这里的家庭医生。”

老医生用淡淡的口气说道。他已经七十多岁，恐怕已经将近八十岁了，但还是精神矍铄，丝毫不会让人感觉到老。

“是您写的今泉先生的死亡证明书吧？”

“的确。”

“就在刚才今泉先生还活着。而且就在几个小时前被杀了。您为什么能开出今泉先生的死亡证明呢？”

“是他本人要求的。”

在场的亲属脸上都露出了疑惑的表情，面面相觑。

“那是出于什么样的理由呢？”

“他有时候真的像个孩子。”

吉田医生微笑着说：“因为今泉先生跟我说，他也老了，也该考虑一下财产的处理问题了。”

“也就是财产的分配问题，是吗？”

“是的。虽然遗书上写着由三个孩子共同继承财产，但是，今泉先生怀疑他们有没有这个资格。”

“太过分了。”抬高声音嚷出来的当然就是石滨由纪子，“我还不够辛苦吗？”

“安静！”我制止了她，“吉田先生，那今泉先生有没有特别怀疑谁呢？”

老医生轻轻地摇了摇头。

“这个我真的不知道。我只能说可能是这样，也可能不是这样。”

“好的，您继续说。”

“今泉先生想通过诈死来看看孩子们的反应。当然，我知道开假的死亡证明是违法行为，但是我不能拒绝。”

“原来如此。然后呢？计划是怎样的？”

“我知道的并不太多。”

“那是什么时候呢？你们商量的时间。”

“正好一个月前。”

“正好？”

“今天是二十号吧？每个月的二十号我都会过来给今泉先生检查身体，当然他生病的时候我也来。不，那时候，他就会找他的儿子带他到医院。因为我的医院就在附近。”

“也就是上个月例行检查的时候他说了这件事，对吗？”

“是的。”

这时夕子插话了：“我听今泉先生说过吉田先生。这二十年来，每个月的二十号接受吉田先生的检查对他来说是不可缺少的一件事……”

“正是如此。我们从一开始就是这样约定的。”

“听说今泉先生去欧洲的时候，您甚至追到了巴黎的旅店里，连今泉先生都惊得说不出话来。”

“您真是了不起啊。”我不由得感叹道。

“因为这是约定。”老人倒很平静。

“今泉先生的计划，您一点儿都没有听说吗？”

“没有。”

“是吗？可以了，我问完了。但是，这件事还是……”

老人打断我的话说：“我已经做好了被吊销行医资格的心理准备。今泉先生如今真的去世了，我的工作也结束了，行医资格被吊销也没什么可惜的。——告辞。”

“啊，吉田先生。”我叫住了正在向门外走的吉田医生，“作为今泉先生的老朋友，对于恨今泉先生的人，您心里有什么想法吗？”

“你是说，凶手吗？”

“是的。”

吉田医生用讽刺的眼神朝孩子们的方向看了看。

“在三个子女中，谁都有可能干出这样的事。”他这样清楚地说道，但是紧接着又说，“但是，他们都没有那样的胆量。”

一关上门，姐弟三人就开始谩骂：

“真是个不让人尊敬的家伙！”

“那个老不死的。”

“说什么自掘坟墓，他说的是什么话！”

这时门又开了，原田走进来说：“宇野警部。”

“什么事？”

“来了一位有意思的客人。”

一走进比起居室面积小一半的日式房间，我就看到一个无精打采的小男孩，盘腿坐在那里。

“哎呀哎呀，桂木，是你啊。好久不见呀。”

他以前是个小混混，曾经被警察盯上过。看到我之后他惊讶得睁大了眼睛。

“宇野警部！我都认不出您了。”

“你倒是一点都没变呀。”

“就是还是那么穷，生活一直艰难。但是，宇野警部，您这打扮更拉风啦。那位女孩是？”

“我是宇野警部的恋人。”夕子很开心地说。

“啊？看来，宇野警部最近进步不少啊。”

“不要说我了，你来这里干什么？”

我装出比平时更加威严的姿态，用严厉的眼光盯着桂木。

“我是为了工作。真的，你看。”

说着他拿出了能证明自己身份的证件。上面写着：××侦探社。那家公司的名字在业界也算比较有名。

“你当上了侦探？”我叹了一口气，“——说吧，来这里干什么？”

“嗯，我们接受了别人的调查请求，现在是来做汇报的。”

“谁让你们调查的？”

“嗯……那个，将已经是死了的人说出来，应该没关系吧？”

“也就是说，是今泉仙一？”

“是的。”

“内容呢？”

“那个，宇野先生，你就饶了我把，这个是秘密——”

“你跟我来这一套？——喂，原田，把他倒过来抡两三次，这样他就说了吧。”

“很乐意！”原田一边把手指窝得嘎嘎嘎直响，一边靠近脸色铁青的桂木。

“等——等一下啊。我知道了！”他一边逃跑一边从内兜里拿出一个信封扔给我，在他还是小混混的时候，没少受原田的“照顾”，那种滋味恐怕他至今没忘吧。我打开了信封里的资料。

“——真过分！”

我看了一眼，忍不住嘟囔起来。

“怎么了？”

夕子看了过来。

“你看，前天，三个子女知道自己的父亲死亡的消息后做出的反应。”

“什么情况？”

“长女石滨由纪子买了一家店。长子今泉晴之很快赶到这里，然后跑到情妇那里答应帮她买高级公寓。次子申请买了一辆进口车，还不停地向朋友炫耀，他还要买一辆游艇。”

我回到起居室，向二人确认这些事。在无可置疑的事实面前，刚开始三人还想否认，后来知道早晚会穿帮，就不情愿地承认了。

“没错，我确实是买了一家店，那又怎么样？”

石滨由纪子尖叫着说，这种声音也是女性的一种强有力的武器呀。两个男人都很发愁，不停地说着“好了，知道了”。但是，仅仅这样，搜查一课的工作还是进行不下去啊。

“我可什么都没说啊。”

“什么呀，你说的好像我是在等我父亲死一样。”

“但你不是一听说今泉先生去世就去买了一家店吗？”

“那家店我本来就想买的，不过是凑巧在那天买下来了而已……”

“那您付完款了吗？”

“当，当然。”

她丈夫石滨功一郎静静地说话了：“不要撒谎了，我们哪有那个钱。”

“老公！你不要说话！”说着她用眼睛瞪着她丈夫。

“夫人，您先生说的没错，警察一调查，谎言就会被拆穿。撒谎不是明智之举。”

石滨由纪子一下子沉默了。长子今泉晴之三十五六岁，给人的感觉是个中层管理人员，长相并不好。

“是，我是答应给她买公寓，但是，我和别的女人的事情，你们警察管不着！”

长子这样说道。他不停地擦着额头上的汗。

“就是！”最刺儿头的就是这一个最小的弟弟今泉诚，他才三十岁左右，也就是所谓的纨绔子弟。如果只是自己一个人在外面折腾也好说，但是他总是拿父母的钱挥霍，简直无可救药。”

“我就要买游艇，只要我喜欢，买火箭你也管不着！”他扔出来这么一句话。

“我看大家误解了我的意思。”我说。

“我并不是责难大家买什么东西。但是，有一点要明确，那就是，你们深信只要父亲死了你们就有钱买自己想要的东西了。但是你们的父亲死而复生了，你们就陷入了困境。对吧？”

三人互相看看彼此，谁都不说话。——我突然想起口袋里的月票。

“大家知不知道一个叫会田良子的人？”

我在石滨功一郎的脸上捕捉到了一丝惊讶的神情。但是，这种神情一闪而过，他很快又变得面无表情了。

“啊，是刚才那个女孩的名字吧？”酒井好像想起来了，“大家都见过的啊，就是刚才那个声称是今泉先生女儿的人……”

“就是那个耍花招的骗子吧。”石滨由纪子轻蔑地笑着说。

“真是不要脸！”今泉晴之也点了点头说，“怎么可能让她上香呢？”

“她也进来上香了吗？”

听到我这么问，弟弟今泉诚突然提高了声音说：“喂，说不定凶手就是那个女的！”

三个人互相看了一眼，就一口咬定凶手就是会田良子。

“都不要吵！”我怒吼一声，“都听好了，你们先是说会田良子是骗子，接着又说她是凶手，如果她真的不是你们父亲的女儿的话，可能杀死你们父亲吗？”

三姐弟又沉默了。

“那帮家伙真是让人讨厌！”听到我抱怨，夕子边笑边说，“但是，你不是处理得很好吗？”

我和夕子来到了最有可能成为案发现场的地方——也就是里面那个放棺材的地方。棺材抬出来之后，祭坛什么的都被殡仪馆的工作人员收拾干净了，现在这里剩下的也就是放置棺材的台子。说是台子，其实就是一张大一点的桌子，上面盖着的白布一直垂到地板上。

“但是，被杀的今泉真是个想法奇怪的家伙。”

“啊，是吗？但是，你也看到那三个人是什么德行了，当父亲的这么做也是可以理解的。”

“啊，那倒也是……但是，到底是谁干的呢？”

“谁都有可能，因为这里每次只能进一个人……凶手进来之后先烧香，然后快速刺上一刀，再装作若无其事的样子走到隔壁房间去。”

“会是谁干的呢？谁还知道今泉先生没有死的事情呢？”

“但是我更关注的是为什么。”

“什么意思？”

“凶手为什么要从背部下手呢？”

“如果刺胸部的话，会被随后进来烧香的人看到吧。”

“但是，从背部刺一个在棺材里装死的人并不是一件容易的事啊。”

“嗯……也是。”

“而且，还有一点。”

“什么？”

“今泉先生不可能从人们守夜开始就一直待在棺材里面，他应该会时不时出来。”

“这就不清楚了。”

“但是晚上守夜的时候，隔壁房间里会有很多人啊……他是怎么从棺材里出来的呢？……从棺材出来后会到哪里去呢？”

夕子一边说，一边围着桌布看。然后，慢慢地掀开了桌布。

“——原来如此。快看。”

桌子的正下方，有一个半个榻榻米大的开口，下面搭着一架梯子。

“原来这里有地下室呀。”

“进去看看吧。你带手电笔了吧。”

我从梯子上往下走，借着微弱的光，看清了底下的构造，这是一个有六张榻榻米大小的房间，里面还放着橱柜和桌子。

“真让人吃惊！”

“古老的房子里总有这些东西，你不觉得有那种寻宝的刺激的感觉吗？”

“有吗？我不擅长在这种小洞里待着……”

“别装了，我们两个人的时候你总是喜欢到光线暗的地方。”

“喂喂，不要揭别人短好不好？”

“呀，摸到老虎屁股了。真小气！”

“刚才那是偶然，真的……”我刚一回答，就听到上面的房间里传来一个声音：“宇野警部。”

是原田那家伙。

“好，吓唬吓唬他。”这样想着我就顺着梯子上来了，顺便把桌上的白布顶在头上。

“宇野警部，你在这儿吗？”听到原田的声音是从门口处传过来的，我就像一个幽灵一样，一下子出现在了他面前。

“呀——”

我听到一声凄惨的叫声。我笑着把头上的白布拿下来。然后，我感觉自己脸部的肌肉凝固了。原田正双手举着枪冲着我，他甚至都吓得闭上了眼睛。

“喂——”

我刚想说什么，原田的枪就走了火。

3

“这个笨蛋。”我怒吼一声，“就这么一点小事，至于开枪吗？”

“真是无颜面对您。”原田吓得缩成一小团，像个小孩子，“我小时候就很害怕妖怪……现在想起来都会吓得想去厕所。”

夕子一边哧哧地笑，一边打了一下我的手臂：“你也不好，谁让你吓唬人家了。”

被她这么一说，我自知理亏，也就不再批评原田了。

我们开着警车，向着月票的主人会田良子家驶去。凭着学生证上的地址，我们找到了一个简陋的公寓。我原本打算让原田在外面等着，因为我担心简陋的地板扛不住他庞大的身躯，会踩出个大洞来。但是，地板要比我们想象的更结实，尽管发出了嘎嘎的抗议声，但是好在它没有碎。

我们找到了一个门牌号为“会田”的房间，按了按门铃，但是，已经坏掉的门铃没有响。没办法，只能咚咚地敲门。——门开了一条缝，里面的链锁没有打开。

“谁？”

“警察。”

见我亮出证件，少女沉默着，缩了缩肩。——屋里真的是冷得让人想缩脖子。

“把你的月票还给你吧。——还有谁和你一起住？”

“我一个人。”会田良子回答道，“我妈住院了。”

“那真是不容易，你爸爸呢？”

会田良子一下子瞪了过来，说：“我爸爸就是今泉仙一。你是认为我在说谎，对吧？”

“不，我没有那个意思……你有什么证据吗？”

“我有信。”

“能给我们看看吗？”

她稍微犹豫了一下，但还是拿了一封信出来，内容大概就是和女人（会田良子的妈妈）短时间的接触以及分别后的想念之情，署名确实是“今泉仙一”。夕子从我手上把信拿走之后，仔细盯着看了一会儿，就还给了少女。少女把那封信紧紧握在手里。

“今天你把这封信给那边的人看了吗？”

“没有，他们一直说我是骗子，我哪里有机会给他们看这个。——你们警察为什么来了？”

“今泉仙一被杀了。”

“被杀了？”会田良子一脸疑惑的表情，“可我听说他是病死的呀。”

我把事情的经过说给她听，会田良子瞪大了眼睛。

“那么我上香的时候，他还活着？”

“这个不好说，也可能在此之前就被杀了。”我这样说其实也安慰不了她。少女脸上流下了大颗大颗的眼泪，怎么看都不像是在演戏。不管她到底是不是今泉先生的女儿，这些眼泪都不是假的，事实上她本人对自己的身份是确信不疑的。

夕子问：“上香的时候，你看到今泉先生的棺材了吧？”

“——是的，我想看看自己的父亲长什么样。”

“那也是情理之中的事。”夕子点了点头说，“你有没有发现什么不对劲的地方？”

“没有，没有什么特别的。”

“你还记得在你之前和之后上香的分别是谁吗？”

“在我之前的好像是位上了年纪的医生……在我之后的……好像是一个女人。”

上了年纪的医生可能是吉田医生。

“话说——”我转变了话题，“关于你父亲的事，是你母亲告诉你的吗？”

“是的。”

“你是什么时候知道的？”

“昨天。”

“昨天？”

“在此之前，我就一直被告知，父亲在我生下来之后就死了。”

“所以你母亲才——”

“她是看了父亲去世的相关报道才告诉我的。”

“那她又为什么一直瞒着你呢？”

“听说这是他们之间的约定。——那个时候，他们说好了，就算有了孩子也不能给父亲添麻烦……”

“原来如此。”

一个女人，自己养大一个孩子真的不容易，也难为她能遵守约定。

“我妈真傻。男方也有责任啊，她没有必要自己一个人背负这么多呀。”

听少女的口气，与其说是在责备她母亲，倒不如说是在替她母亲鸣不平。

“要去参加葬礼是你的主意吗？”

“是的。”

“你为什么非要去呢？”

“我想看看自己的父亲到底是个什么样的人……而且……”她停顿了一下，“让母亲受了那么多苦，我想他是不是该给我们一些补偿……”

一时间大家都不说话了，夕子问道：“你妈妈怎么样了？”

“妈妈过于劳累了。——我要是没有读高中就好了。”

夕子把手放在会田良子的肩上说：“放心吧，我相信事情一定会有转机的。”说着夕子露出了一个微笑。

“你那样说真的合适吗？”从会田家的公寓里出来，我对夕子说，“我可不认为那姐弟仨人会痛痛快快地承认她。”

“那孩子并不是今泉先生的女儿。”

我惊讶地看着夕子说：“你说什么？那她就是撒谎了？”

“我是从那封信上看出了问题。我认识今泉先生的字，信上的字看起来完全不像是他写的啊。”

“这么说是有人……”

“有人假借今泉先生之名啊。”

“哎哎，真可怜……”我叹了一口气，“但是，你又说不管怎么样都会有转机是什么意思？”

“我的意思就是说让你娶了那个女孩呀。”

我看着夕子，搞不明白她是什么意思。

“做女人真可怜。”在餐馆里，夕子一边吃饭一边期期艾艾地说。她已经换掉了黑色连衣裙，换上了常穿的颜色鲜艳的休闲运动装。

“做女人真可怜。”夕子重复着这句话。

“你在说会田良子的母亲吗？但是那应该是个意外吧？”

“如果是我的话，我就会狠狠地敲他一笔。”

“都不知道对方是什么人，就是想也做不到呀。”

“如果是我的话，我就会搞得一清二楚。”

我不由得看着夕子。

“你是什么意思？该不会是……你……那个……”

“我只是说假如。”

我顺了顺胸口。

“你别吓唬我呀，吓得我都吃不下去饭了。”

“我要是怀孕了，你会负责任吗？”

“当然了，我之前……”

“啊，来了。”

夕子看着饭店门口的方向说。我回头一看，竟然看到石滨功一郎走了过来，他说：“啊，你们在这啊。”说着，面带僵硬的微笑走了过来。

“你好……请问找我有什么事吗？”

看到我不解的表情，夕子冷着脸说：“是我请过来的。请坐吧，要喝点什么？”

真是的，夕子又来这一套，事先什么都不跟我商量。

“——请问您有什么事？”石滨功一郎问。

“会田良子是您的孩子吧。”夕子冷不丁地说。对方的脸色瞬间就变苍白了。我想起来了，在起居室里，我问大家关于会田良子的事时，石滨功一郎脸上闪过了那种惊讶的表情。夕子应该也注意到了吧。

“给良子母亲的信正是你写的，石滨先生。”

听到夕子重复着又说了一遍，石滨功一郎像要放弃似的点了点头说：“我和一个叫会田的女人确实相爱过一段时间。那时候我和妻子刚结婚不久，我妻子是我雇主的女儿，虽然我是他的丈夫，但是她对待我就像对待下人一样。今泉先生将这些都看在眼里，他把我安排在他的公司做科长……总之，就是在我和妻子相看两生厌的时候，我遇见了会田。她是个既温柔又要强的女人……但是，我很害怕妻子，所以用了今泉先生的名字。在此期间，妻子还是发现了问题，听说她也向会田那边施加了压力，因此，我提出了分手。我真的不知道自己还有个女儿。”

夕子告诉了他会田母女的情况，他听后神色黯然，“想不到她们现在是这种情况，我知道该怎么做了。”

“石滨先生，我想，你应该为她们母女做点什么。”

“是的，我知道。”石滨功一郎微笑着说，“这是我的第一个孩子，您不用担心，我会负责任的。我会照顾好她们母女的。”

“太好了！”夕子一口气喝完了果汁，“我就知道你一定会这么说。”

“但是，你真厉害，能认出我的笔迹。”

“我不认识啊。”

“但是——”

“刚才我提到她时，你的表情告诉我，一定是你。”

石滨功一郎的表情一直呆呆的，现在他终于笑出来了。

“唉，我现在终于知道今泉先生为什么那么喜欢你了！”接着他又恢复了严肃的表情，“案子现在进展到……”

“现在还有很多事不清楚。”我代为回答。

“是吗。但是，今泉先生的想法也确实和别人不一样。在我还是他的秘书的时候，他也让我做过很多奇怪的事……”

“今泉先生想做什么的时候，总是通过秘书帮忙吗？”夕子问。

“是的，其实基本上都是秘书的事。因为，今泉先生在这方面很不擅长，连钉书机都不会用。”

“那，这次的事……”

“因此我才觉得奇怪。那样麻烦的事，今泉先生不可能自己做。我觉得酒井先生多多少少应该知道一些的……”石滨功一郎说道。

就在这时，原田警官赶了过来。

“宇野警部！”

“喂，现在是在饭店里，你能不能……”

我绷着脸说道。

“对不起，我不自觉就……啊，那个煎肉！”原田两眼放光，用舌头舔着嘴唇。

“先说正事！”

“啊，对了，那个，昨天在公寓见到的女孩——”

“会田良子？”

“是的，她被人行刺了。”

“什么？”夕子站起来了，“死了？”

“没有，但是受了重伤，现在在医院。”

石滨功一郎脸色苍白。

“我可以去看看她吗？”

“可以，好了，快走吧。”我催促道。

原田恋恋不舍地看了一眼桌子上剩的煎肉，才跟了上来。

“是的，应该是七点钟的时候吧，有她的电话……”

破公寓的管理员这样说，她是个将近七十岁的老奶奶。

“对方有没有说他叫什么？”我问。

“嗯……是说了什么。”

“那是当然了，关键是那人到底叫什么呢？”

“好像叫什么雪村泉。”

夕子立刻说：“今泉？”

“啊，就是这个名字。嗯，你怎么不早说？”

“那，是个男人的声音对吗？”

“嗯，不是女人就是男人吧。”

“那，你就去叫会田良子了，对吗？”

“是啊，去叫人接电话也是件不容易的事啊，就我这样的身体，也急不了的。对方说，十元的硬币马上就用完了，让我赶快去，也不想想我老人家的身体状况，至少要给我准备十元话费以上的时间呀。”

“是啊，那，会田良子都说什么了？”

“那我怎么知道。我又没有偷听别人打电话的毛病。”

“那也是。但是，你多少也听到了一点吧？”

“嗯……那个女孩子说，‘真的吗？’然后很惊讶地说，‘我马上过去’，然后她就跑了出去。”

案发现场在今泉府邸的附近。因为这里是住宅区，晚上很少有人经过。从会田良子的公寓过来，感觉这里真是异常寂静。

“你怎么想？”夕子说。

“那孩子被叫去今泉家，中途被刺了……”

“是啊，但是那人对公寓管理员都要报上名，这不是太奇怪了吗？如果他要杀人的话……”

“那倒也是。”

“会田的那句‘真的吗’到底是什么意思呢？是不是说，今泉姐弟要承认她了？”

“怎么会？！”

“当然并不是真的承认，是凶手故意这样说的。然后凶手就说让会田良子拿着信作为证据到今泉公馆来。”

“所以，会田良子才会说‘我马上就过去’。”

“她当时手里拿着信吗？”

“没有，公寓里也没有。”

“这封信大概是没有了。”

“不管怎么看，那三姐弟的嫌疑都是最大的。”

“是啊……”夕子转了一下头说。

“有什么问题吗？”

“这里面还有一些我想不明白的事。”

“什么？”

“为什么凶手要从背部刺伤今泉先生呢？”

夕子小声地自言自语。

4

就这样，我们到了今泉公馆。起居室里，三姐弟和酒井都到齐了。

“呀，大家都在这呢？”

“啊，警部先生。”石滨由纪子一边慢悠悠地抽着烟，一边对我说，“您又穿上这么朴素的衣服了。”

“这才是正常装束，您还没有回自己的家吗？”

“回去了一趟，现在又过来了。因为有事要商量。我丈夫有事外出了。”

这位夫人，如果知道自己的丈夫和来历不明的女儿在一起的话，不知道会怎么样呢？

“您要商量什么事？我可以知道吗？”

“嗯，没问题。我们姐弟二人商量后决定，如果那个女孩真的能拿出证据，我们就承认她。”

“哦，原来如此。”

“然后，我们给她打了电话，她说是要过来，却没有出现。果然是骗人的。”

“难得您知道她的电话。”

“那是我给她的……”酒井说话了，“刚才警部先生给我看学生证我就查了一下……”

“这么说，是你向会田良子的公寓打的电话？”

“是的，但是……”

“先打电话把她约出来，然后一下子……”

听我解释会田良子被刺的过程，石滨由纪子尖叫着说：“您是说这是我们干的吗？！”

“难道不是吗？”

“我们一直待在这里！这是千真万确的！”

“即使你们互相作证，也是没有意义的。”

我又说：“酒井先生，你事先也应该知道今泉先生诈死的消息吧？”

酒井开始张皇失措，“没有……我……那个……”

“你不可能不知道，今泉先生不可能一个人做得这样完善。”

听我说得这样坚定，酒井像要放弃似的说：“我确实知道。但是出了那样的事，我也不能说出来……”他一边说一边擦汗。

“你真的没有向任何人泄露这个计划吗？”

“没有，我没有向任何人说过。”

“你确定吗？”

“当然！”

可以相信他吗？如果他向三人中的任何一个人泄露了这件事的话……

“是啊，他们一定会觉得这是个杀父的好机会。”

在去医院的警车上，夕子这样说道：“这件事还有很多可能性。有一大堆人有杀人的机会——至少去上香的人，只要想都有机会。动机并不一定是为了财产，虽然我认为获得遗产是最大的动机。”

“你说的很多可能是指？”

“比如说，一开始就知道今泉先生没有死而想杀死他的，认为挥霍了很多钱的，后来知道他没死而被逼急了的，还有……”

“什么？”

夕子手臂交叉说：“我在想……我好像能想到什么……”

“刺杀今泉先生和刺杀会田良子的是同一个人吗？”

“不知道，虽然都是从背后刺杀的……”

“那姐弟仨人真的很可疑……”

“同感。但是，我们还不能遗漏一个人。”

“谁？”

“石滨功一郎。”

“怎么会！”

“是吗？如果从害怕被妻子知道自己有私生女这一点来考虑

的话，就说得通了。”

“但是，当时他和我们在一起啊。”

“在过来的途中他就有作案的时间了。”

“你的想法真是狠毒啊。你是说，他要杀自己的亲生女儿吗？”

夕子笑了：“理论上是可能的啊。名侦探分析问题不能感情用事。”

到了医院，我们走进会田良子的病房，正碰到医生查房。石滨功一郎稍微退开一些，他一脸担心地守在床边。

“她怎么样了，医生？”我问。

医生一边把听诊器放进白色大衣的口袋里，一边说：“已经度过危险期了。没事了。毕竟年轻。”

“太好了。”石滨功一郎安心地舒了一口气。

“真是太好了，石滨先生。”

夕子微笑着说，好像完全不记得刚才自己还把他当凶手的事了。女人这一点最可怕。

这样的场景真是奇怪。

两次出席同一个人的葬礼，这样的情况不多见吧。今泉仙一真正的葬礼，和之前相比消停了不少，来的人只有近亲。这也是理所当然的事吧。凶手很有可能就在他们当中。

会田良子虽然醒了，但是对于凶手长什么样子她完全没有印象——因为凶手是从背后突然被刺的，她立刻就失去了意识。

听完石滨功一郎解释之后，她好像也接受了这个父亲。虽然还不知道石滨功一郎会怎么安顿她们母女，但她觉得事情正在向好的一面发展。

“我，运气很好。”会田良子冲我和夕子笑着说，“我的心脏在右边，和普通人正好相反。如果不是这样，我就会被刺到心脏，肯定早就死了。”

“——心脏在右边啊……”从医院出来，在驶向今泉家的出租车中，夕子说，“感觉很浪漫，挺好的。”

“你不是也是这样嘛？”

“啊，我是正常的生理结构呀。”

“是吗？我一直以为是左右各有一个呢。”

夕子用她的胳膊肘狠狠地戳我的肋骨部位。

“好疼……”

“就是这样！”

突然，夕子提高了声音说：“司机师傅，请返回刚才的医院。”

“喂，如果是为我的话就不必了，骨头还没有断。”

“当然不是，你说什么呢。刚才我想到了什么。”

夕子的眼睛里放着光，她还说，今泉家的葬礼现在应该快结束了吧。

转眼间夕子就不见了。

“到底去哪儿了？”我心想。

——肯定又在自作主张做什么事。我叹了一口气。就是想做什么事也应该先告诉我一声呀，名侦探，怎么就这样骄傲呢？

“宇野警部。”原田小心翼翼地过来了。

“夕子小姐呢？您被甩了吗？”真是个乌鸦嘴。

“怎么可能！她现在 定在什么地方调查什么……你也替我找找吧。”

“好的。”

这一次，棺材被好好地放进了向火葬场驶去的灵车里，数台车就这样渐渐地消失不见了。不知怎么的，我突然感觉很寂寞。

“夕子！喂，夕子！”我在公馆里到处找，还是没有找到夕子。

“喂，原田，你看见她了吗？”

“没有。”原田一边吃着东西一边说，这家伙到底知不知道自己在干什么呀。

“——对了！”

我打了一下自己的手。那个地下室！我和之前一样，借着手电笔的光，从放置棺材的那个台子下面潜入到了地下室。

“太黑了，我看不清楚，原田，你有手电吗？”

“有。”

“给我，夕子，你在吗？”

圆形的光打到地板，照出的却是今泉仙一的尸体。

“到底怎么回事？”我呆呆地站在那里。

“好奇怪呀，我记得这个棺材……”我反应过来之后，脸立刻吓得没了血色。

“是夕子。”

“啊？”

“夕子被装进棺材里了。”

“您说什么！”

“一定是凶手这么做的。喂，再不去救夕了，她就要被运到火葬场了。”我和原田飞奔出了公馆。

虽然我们开的是警车，但是也不可能飞起来。我们到达火葬场的时候，灵车已经停在门口了，棺材已经被抬了出来。周围也没有家属。

“快！”我不知道自己有多久没这样拼命地跑过了，如果计时的话，我估计都能参加国家体育比赛了吧。更令人吃惊的是，原田那庞大的身躯也没有落下。他紧紧跟在我后面。

在廊子的尽头，排列着很多炉子，有几个不认识的穿黑衣服的男女守在那里，等着把棺材放进去。

“停下！”我大叫一声，“别动棺材，停下！”

就像歌舞伎的演出一样，世界瞬间静止了。原田一个人就轻轻松松把棺材放到了地上，他用匕首插进棺材盖底下，然后发挥出他的怪力，棺材就像威化饼干一样碎了。

“是我自己大意了。”夕子终于恢复了意识，喝了一口凉水，松了一口气，“我想着对方就是个老人，我自己一个人可以应付。”

“那凶手就是吉田医生吧？”

我们到达火葬场的控制室里，吉田不知道什么时候已经消失不见了。我刚想分配任务，原田就飞奔了出去。

“根据遗言，吉田也可以继承相当一部分遗产，当然和孩子们比起来是少了一些，但是，他真的很需要这笔钱。因为，他必须替他儿子还那笔重建医院时的借款。因此，在今泉先生跟他挑明计划的时候，他就起了杀心。”

“你是怎么发现吉田是凶手的？”

“是会田良子小姐给了我提示。”夕子又恢复的活力，“良子小姐说，她是在‘一位年长的医生’之后上的香，那为什么良子小姐知道对方是医生呢？当时他也没有穿白大褂。良子小姐也不可能去问周围的人。我刚才又回去问良子小姐。”

“她怎么说？”

“她说，当时他的听诊器漏在外面。你明白了吗？就算是医生，也不至于去参加葬礼时都带着听诊器吧？”

“也就是说……”

“我一直不明白凶手为什么能从今泉先生的背部下手，因为在那样狭小的空间里，从棺材下面杀人非常困难。所以，当时被害者应该是背对着凶手的，也就是说他是趴着的。”

夕子喘了一口气接着说道：“——今泉先生特意趴下，一定是在接受听诊器的检查。那一天正好是二十年间从未间断的检查日。吉田会说‘今天的检查也不能少，我都带着听诊器过来了’，说着他就会拿出听诊器。对于今泉先生来说，在棺材里接受检查一定是一件有意思的事——检查完了胸部，再检查背部，就这样，今泉先生趴下了。所以，吉田就用自己带来的刀子刺向了今泉先生的心脏。然后再把今泉先生的身体翻过来，这样就万事大吉了。但是，当他出去的时候，口袋里漏出来的听诊器被下一个上香的姑娘看到了。更不幸的是，血从棺材里流了出来……”

“他之所以要杀会田良子，就因为这一件事吗？”

“那是因为，由纪子小姐他们打电话约良子小姐的同时，也约了吉田，因为毕竟他也是遗产的受益人之一。在来今泉公馆的过程中，良子小姐正好走在吉田前面。不知道良子小姐此番前来的目的何在的吉田先生，对于自己那天被这个孩子看到戴着听诊器的事很是在意，虽然良子小姐本人已经忘了这件事，但是，吉田感到很不安。然后，他就在街灯下，从后面……那时，他正好看到了良子小姐带着的信件，也看了里面的内容。”

“难道他随身携带刀子？”

“是的……我想，他一定是这么想的——如果被发现的话就自行了断。”

“你没被他杀真是万幸！”

“要是棺材里再流出血，不就糟了吗？但是，他不愧是医生啊，我一下子就被他打晕了。”

“这是你佩服他的时候吗！”

就在这时，原田跑了过来。

“宇野警部？”

“怎么了？”

“那家伙……在建筑的偏僻处……”原田一边说一边比画出切断喉咙的样子。

“还没有人像我这样被装进棺材里吧。”夕子一边吃着烤串一边很淡定地说，“真是个难得的经验呀。”

“你在这儿说什么风凉话！”我苦笑着说，“如果我再去晚一点的话，你都化成灰了。”

“那真是世人的损失。”

“是不是世人的损失我不知道，但一定是我的损失。”

“但是躺在棺材里感觉很舒服呀。通过这个案子，那种带有吸血鬼的棺材形状的床，可能会大卖啊。”

夕子两眼放光。

“哎呀哎呀。”我喝了一口茶说，“那应该有双人床吧。”

“当然。”夕子微笑着说，“为了开发新产品，我们去研究一下床吧？”

对此，本人没有任何异议。

赤川次郎·幽灵系列

あかがわ　じろう

Mo 推理

赤川次郎・幽灵系列

あかがわ　じろう

1《幽灵列车》

幽灵列车／背叛的诱拐／冻结的太阳／局部有雨／善人村之村祭

2《幽灵候补生》

幽灵候补生／双胞胎之家／狮子在睡觉／巷子里好像要下雨／棺材里的睡美人

3《幽灵同好会》

名侦探的催眠曲／蓝胡子，现出原形吧／穿红鞋的女孩／送子鸟今天休息／被杀死的尸体／幽灵同好会

4《幽灵心理学》

影子一样的男人／二度刺死睡美人／幸福的杀人／银座杀人传说／幽灵心理学

Mo 推理

最新刊

《夜行列车》

一切的杀意，必有缘由……

不止是错杀/悬吊人/完美谋杀/环/Dead run/死者在阴天，凶手在晴天/阿修罗乱

《密室》

一切的的偶然，都是必然……

七日谈/大熊的推理笔记/迷失的视点/致命的平衡/出轨/赐予你的谋杀/候鸟族

《空房子》

一切的诡谲，都是你的恐惧……

洞窟/独白的人/黑区/窃爱止境/命门/墨菲定律/纠缠

版权登记号：01-2014-0838

图书在版编目（CIP）数据

幽灵候补生 /（日）赤川次郎著；千太阳译. —北京：现代出版社，2017.5

ISBN 978-7-5143-6146-9

Ⅰ. ①幽… Ⅱ. ①赤… ②千… Ⅲ. ①推理小说－日本—现代 Ⅳ. ①I313.45

中国版本图书馆CIP数据核字（2017）第071710号

幽灵候补生

作　　者　【日】赤川次郎
译　　者　千太阳
责任编辑　赵海燕
出版发行　现代出版社
通讯地址　北京市安定门外安华里504号
邮政编码　100011
电　　话　010-64267325　64245264（传真）
网　　址　www.1980xd.com
电子邮箱　xiandai@vip.sina.com
印　　刷　三河市国新印装有限公司
开　　本　890mm × 1230mm　1/32
印　　张　7.5
版　　次　2018年3月第1版　2018年3月第1次印刷
书　　号　ISBN 978-7-5143-6146-9
定　　价　38.00元
